COLLECTION FOLIO

Catherine Cusset

Jouir

Gallimard

Pour Vlad

« *Je ne suis pas fait pour jouir.* Il ne faut pas prendre cette phrase dans un sens terre à terre mais en saisir l'intensité métaphysique. — Je me dis toujours que je vais faire ton malheur, que sans moi ta vie n'aurait pas été troublée, qu'un jour viendra où nous nous séparerons (et je m'en indigne d'avance), alors la nausée de la vie me remonte sur les lèvres et j'ai un dégoût de moi-même inouï, et une tendresse toute chrétienne pour toi. »

Gustave Flaubert à Louise Colet,
nuit de samedi au dimanche,
minuit, 8-9 août 1846.

Je me promène dans une ville étrangère. Je marche dans les rues rectilignes à l'heure où tout le monde va dîner. Je me sens terriblement seule. Je sais exactement ce que je veux : un homme.

Des rayons laser verts et bleus se croisent au-dessus des gratte-ciel de verre et d'acier. Telles des icônes, d'immenses panneaux publicitaires illuminés surplombent un vaste parking à l'emplacement d'un futur chantier. Sur le trottoir que je longe, je vois défiler des restaurants ethniques, des vitrines resplendissantes, des bars chics éclairés au néon, des fast-foods et des cafés pleins de gens. Le nom d'un hôtel se détache en lettres fluorescentes. De longues queues se forment devant les restaurants à la mode, composées de couples élégants et de groupes de jeunes qui parlent fort, rient fort et se donnent l'accolade. À déjeuner, j'ai émis l'hypothèse que cette ville moderne, jeune et dynamique aurait dans trente ans l'air démodé qu'ont aujourd'hui les ghettos de béton construits dans les années soixante ; on m'a répondu qu'elle n'en courait pas le risque. Avais-je remarqué le grand nombre de chantiers ? Cette ville n'était pas née d'hier et pourtant elle avait l'air neuve : on y avait toujours détruit ce qui vieillissait.

Il ne semble pas aisé de trouver un homme dans les rues animées de cette ville moderne, jeune et dynamique.

Je traverse une rue au feu rouge derrière deux jeunes filles. De l'autre côté de la rue, un bel athlète en tee-shirt aux cheveux blonds qui retombent en mèches ondulantes sur ses épaules, debout devant un vélo-taxi à deux places dont il tient le guidon, les apostrophe : « Hi girls ! Want a ride ? » Les deux filles passent leur chemin, et l'une d'elles se retourne pour riposter avec colère : « We are not girls but women. » Le type lève les sourcils et les bras de surprise. Je passe à côté de lui et lui adresse un sourire complice. Il ne me propose pas un tour sur son vélo-taxi mais me prend à témoin, les paumes ouvertes : « I wasn't going to tell them "hi women" ! » Je ris.

Dans ma chambre d'hôtel avant-hier, j'ai regardé mon corps. Je me suis déshabillée, j'ai marché sur la moquette moelleuse jusqu'aux placards fermés par de hauts miroirs coulissants. Les hôtels de bonne catégorie achètent-ils des miroirs embellissants ? J'ai vu les seins pointés vers l'avant, mes petits seins de vierge toujours aussi pointus, juste un peu plus gonflés, et leur peau diaphane où transparaissent les veines, de jolis seins plantés bas et très écartés, chacun pointé dans une direction et tournant le nez à l'autre, et les épaules aussi, fines, et le visage encadré par mes cheveux noirs coupés très court. Je me souris en me regardant de trois quarts. Le ventre n'est peut-être pas aussi mince que je le souhaiterais, mais grâce au stress il l'est plus qu'il y a trois ans ; mes hanches sont larges, un bassin de femme charnelle, attachée à la terre ; mes jambes, solides, pas aussi fines que je le souhaiterais, mais pas vilaines. C'est, on peut dire, un beau corps de jeune femme. On est bien, nue dans cette chambre, il y fait chaud. Je vais m'allonger sur le lit, un très grand lit, un *King bed*, plus large qu'il n'est long, couvert d'oreillers moelleux dans des taies d'une extrême finesse et de draps de la même finesse, cette finesse et cette douceur qu'on trouve seulement dans les bons hôtels. Ma peau douce après le bain se caresse aux draps doux et fins.

Ce serait bon s'il y avait un autre corps avec moi en travers de cet immense lit, avec lequel je ferais l'amour lentement. Pour cesser d'y penser, je me masturbe. Je dois faire un effort, activer mes fantasmes. Je n'en avais pas envie. Je le fais seulement pour ne plus sentir l'irritante envie d'un autre corps en travers du lit. La jouissance est bonne, toutefois. Le manche de la brosse à cheveux par-devant, un crayon de l'hôtel dans le trou du cul, je rêve qu'on me remplit complètement.

Cela, je l'écris à la table d'un restaurant français de cette ville moderne, jeune et dynamique, devant un kir royal. Quand je suis entrée dans le restaurant, j'ai demandé au patron s'il pouvait me donner du papier et un crayon — dans le cas contraire il m'aurait été impossible de rester à cause de cette abrupte envie d'écrire qu'il me fallait satisfaire. Du papier, le patron a eu un peu de mal à en trouver. Il m'a apporté deux longues feuilles qui avaient été pliées en quatre comme un accordéon, blanches d'un côté, et portant de l'autre le nom et le numéro de téléphone du restaurant ainsi qu'un dessin de deux arlequins servant du vin et du fromage, autour desquels courra mon écriture tout à l'heure quand j'aurai rempli le côté blanc de ces deux pages et que me tiendra encore l'envie d'écrire. On a pris ma commande et on me sert vite. On sert toujours vite les clients seuls. Je demande un verre d'eau, on me l'apporte aussitôt. Le kir royal est un luxe. Je ne regrette pas de l'avoir commandé. Je n'ai même pas vu son prix sur la liste. Cette dépense superflue contredit mon habituel sens de l'économie. Ce restaurant est sympathique, animé, plein de jeunes gens modernes et dynamiques. Quand je suis entrée et que j'ai dit que j'avais besoin de papier et d'un crayon, le patron m'a demandé si j'étais une écriveuse ou quelque chose comme ça, et j'ai dit oui. Je bois mon kir à toutes petites gorgées et j'écris sur fond de musique de Leonard Cohen et bruit de voix. Personne ne m'embête. J'ai choisi une petite table dans un coin, tout près de la baie vitrée ouverte ce soir car il fait étonnamment bon pour la saison. Avec la nuit l'air s'est rafraîchi et j'ai un peu froid à cette table située dans les courants d'air ; je n'enlève pas mon imperméable. En passant dans la rue tout à l'heure, j'ai remarqué à une table de la terrasse un jeune homme seul dont le regard a croisé le mien. J'étais en train de me dire que j'allais retourner à l'hôtel pour écrire, mais je suis entrée dans le restaurant. Peu après le jeune homme a réglé sa note ; il est parti. C'est sans regret. Quand je lève la tête pour absorber quelques gorgées de kir royal, je croise parfois le regard d'un homme. J'ai souvent mangé seule dans de petits restaurants animés ou déserts dans des villes étrangères. À une table voisine il y a toujours un ou deux hommes seuls qui vous regardent. Peut-être aimeraient-ils engager la conversation mais on baisse les yeux comme si on ne les avait pas remarqués. Ce n'est jamais ceux-là qu'on veut.

On est parfois si désemparée de se retrouver seule qu'on prendrait même ceux-là. On se lève pour aller aux toilettes entre le plat et le dessert, en cambrant le dos, consciente d'un regard sur ses hanches, ses seins ou ses jambes. On désire ce regard. Quand on sort des toilettes où on en a profité pour se remettre un peu de rouge à lèvres et se brosser les cheveux, l'homme a déjà signé le reçu de sa carte de crédit, il est en train d'enfiler son imperméable et il sort, soit en se retournant, soit sans se retourner.

N'importe quel homme : bedonnant, petit, moustachu, chauve, vêtu d'un costume étriqué, avec une cravate à carreaux aux tons criards, et le tissu du pantalon tendu à craquer sur ses fesses rebondies.

Dans une rue étroite d'une ville de province où je me promenais après dîner il y a six ans et demi, une voiture a ralenti à ma hauteur. L'homme a baissé la vitre et m'a demandé si j'étais libre. Je lui ai dit de rouler jusqu'au bout de la rue, de prendre la première à droite, puis la deuxième à gauche : il trouverait là ce qu'il cherchait. L'homme m'a dévisagée et a répété sa question : « Mais toi, tu n'es pas libre ? » J'ai ri. J'ai dit : « Je ne suis pas ce que vous croyez, moi je suis prof. » Je pensais le stupéfier et le voir se confondre en excuses. Il a répondu : « Il y a plein de bourgeoises et de profs qui font ça pour arrondir leurs fins de mois. » On s'est mis à bavarder. Il n'était pas mon type mais j'aimais son assurance et sa simplicité. Peut-être aurais-je cédé s'il avait insisté davantage. Dans cette ville de province, la passe coûtait deux cents francs. Il mettait une capote. C'était moins cher qu'à Paris. Il vivait encore avec sa femme mais n'avait plus de rapports sexuels avec elle ; ils ne se séparaient pas à cause des enfants : il profitait de ses déplacements en province pour satisfaire ses besoins sexuels.

J'avais découvert par hasard le quartier des putes un soir où j'étais allée contempler sur une petite place la statue d'un écrivain célèbre ; une silhouette immobile près d'un sémaphore, peu remarquable dans son manteau de laine sombre, m'avait interpellée : « Tu ferais mieux de te barrer ; les filles vont rappliquer et c'est leur trottoir. — Je me promène », j'avais dit. « Tu fais comme tu veux mais je t'aurai prévenue, les filles seront pas contentes. » D'un pas tranquille de promeneuse je m'étais peu à peu éloignée de la place.

Cet après-midi, je suis allée au musée. On a l'illusion que l'art permet de sublimer. Devant les femmes d'Henry Moore je me mets à pleurer. Ce ne sont pas vraiment des sanglots mais un pleurnichement produit par une douleur latente, peu aiguë, qui fatigue par sa ténacité. Je pleure parce que ces femmes de plâtre et de bronze sont si larges qu'on aurait envie de s'allonger entre leurs cuisses et que j'aimerais qu'un homme s'allonge entre les miennes.

Un soir où je me sentais seule il y a six ans et demi, dans un bar assez chic de la petite ville un homme m'a payé un verre. Il avait une jambe dans le plâtre. Lui aussi m'a parlé de sa femme et de ses enfants. Il était propriétaire d'un restaurant dans la capitale. Il m'a donné sa carte. J'avais envie de voir la mer. On a roulé vingt kilomètres en direction de la côte en écoutant de la musique rock. Le vent était glacé et dans le noir on ne voyait pas grand-chose, mais c'était la mer. Ensuite l'homme m'a suivie dans ma chambre d'hôtel. Je me suis allongée sur le dos et j'ai écarté les jambes en pliant les genoux et en posant mes talons au bord du lit, dans la pose qu'on prend pour un examen gynécologique. Sa jambe plâtrée ne lui laissait guère de souplesse. Il est rentré en moi et il a joui très vite. Il est allé se rincer dans le cabinet de toilettes avec lavabo et bidet de mon hôtel une étoile minable. Après son départ je me suis masturbée.

Au musée, dans une grande salle blanche au beau plancher en lattes de bois clair où étaient exposées des œuvres d'art contemporain, j'ai vu arriver une jeune fille rejoignant d'un pas décidé son ami arrêté devant une toile. La jeune fille était noire, avec une épaisse chevelure crépue aux tons dorés, un long cou, un corps élancé et cambré. Entre le bas de sa jupe noire arrivant à mi-cuisses et le haut de ses bottes en cuir foncé montant au-dessus du genou, j'ai remarqué la tranche de peau des cuisses nues, fines et arquées comme celles d'une amazone, d'un beau marron chocolat. Homme, elles m'auraient rendu fou d'envie de les toucher et de les écarter.

Aujourd'hui, alors que je marchais vers le musée en plein après-midi en traversant un parc plein d'érables aux feuilles rouges, par un temps étonnamment doux pour la saison, qui surprend tant les habitants de cette ville moderne, jeune et dynamique, que le même commentaire stupéfait se trouve sur toutes les lèvres et qu'ils marchent tous dans les rues enso-leillées en portant, repliés sur leur bras, veste et imperméable, j'ai prononcé son nom trois fois de suite : « I., I., I. » Les larmes me sont montées aux yeux, moins d'émotion que d'irritation contre moi : ne pouvais-je simplement me réjouir, comme tous les habitants de cette ville moderne, jeune et dynamique, de cet inat-tendu, inespéré beau temps ?

Hier je suis allée à la piscine de l'hôtel. Ce n'était pas la piscine privée de l'hôtel mais celle d'un club sélect de cette ville moderne, jeune et dynamique, construit tout près de l'hôtel et auquel les clients de l'hôtel ont accès gratuite-ment. En sortant de la piscine, je suis allée au jacuzzi. Le jacuzzi n'était pas à côté de la piscine mais à l'intérieur du vestiaire des femmes. Sous la mousse du jacuzzi les corps étaient peu visibles, mais je n'apercevais pas de bretelles de maillot. J'ai demandé à une femme : « Entre-t-on ici nue ? » Elle a répondu qu'on n'était pas forcée. Aussitôt j'ai ôté mon maillot. Une femme sortait du jacuzzi et j'ai vu son corps nu, ses gros seins pendants, son gros ventre et ses hanches grasses. Par comparaison mon corps était jeune et athlétique. D'autres femmes sont arrivées, il y a eu plusieurs entrées et sorties, j'ai vu beaucoup de corps de femmes, des jeunes et des moins jeunes.

Je suis jalouse des homosexuels, jalouse de mes amis pédés, jalouse de Renaud Camus et d'Hervé Guibert, même si Hervé Guibert est mort. Je les lis et les relis. À Paris, à New York, à Londres, à Berlin, à Sydney ou à San Francisco, ils ont envie d'un corps et le prennent. Ils l'écrivent avec la même simplicité : sans émotion, sans angoisse, sans culpabilité.

Quand, ce vendredi il y a quinze jours, j'ai finalement compris qu'I. me désirait, j'ai été surprise. C'était une surprise proche de la jubilation. Il m'a fallu quelque temps pour m'accoutumer à cette nouvelle donnée. Une heure après je lui disais : « Ce qu'il faudrait, ce serait baiser. A good fuck and it would be over. » Quand nous nous sommes quittés à la tombée du jour après trois heures passées sur le ponton, alors que nous étions chacun en retard de deux heures pour nos rendez-vous respectifs, il a dit : « Je ne vois aucune possibilité. » J'ai acquiescé. L'impossibilité dont il parlait n'était que matérielle. Il partait quatre jours plus tard. Chez moi, il y avait Y. Quant à lui, il vivait chez sa sœur, avec le mari et la fille de cette dernière. Un hôtel ? J'y ai pensé. Lui aussi sans doute.

Je m'étais assise à côté de lui sur un haut tabouret du bar. Il était blond et joli, il portait un tee-shirt de marque qui sentait la lessive : un bon garçon de famille, bien propre. Il n'était pas seul mais avec un beau brun occupé à draguer une fille beaucoup plus sexy que moi dans sa minijupe moulante et ses chaussures à talons aiguilles. Le brun, un ou deux mois plus tard, je le rencontrerais à nouveau au bar et cette fois-ci il m'adresserait la parole ; il m'offrirait même un verre ; il aurait entendu parler de moi par le blond et je parviendrais sans peine à le ramener dans ma sinistre chambre d'hôtel où il jouirait vite en moi, sans capote et sans que je sente rien, ce n'était pas plus compliqué que ça. Le blond ne me prêtait guère attention, beaucoup plus intéressé par la verve cynique de son copain. J'ai fait tous les efforts, mais sans trop insister pour qu'il ne me rejette pas. J'avais très envie que ça marche. Très envie que le blondinet me remarque et tombe amoureux de moi. Je ne lui ai pas dit que j'étais prof. Je me suis décrite comme une Parisienne de passage pour une seule nuit dans la petite ville, une femme d'affaires. C'était la première fois que je faisais ça dans cette ville de province. Au cours de mes déambulations dans les rues désertes après dix heures du soir, j'avais par hasard, ce soir-là, découvert ce bar à l'entrée très discrète, situé dans une rue à l'écart. Il m'a prise par la main et m'a menée dans un terrain vague à une centaine de mètres. Sur la terre, il y avait des canettes de bière vides, des bouts de verre et des capotes usées. Il m'a embrassée. Il aurait souhaité me pénétrer debout contre la barrière en bois, mais j'ai su que ça ne marcherait pas; j'étais crispée. Je me suis agenouillée, j'ai ouvert sa braguette, j'en ai sorti son sexe raide et l'ai pris dans ma bouche. Il a mis ses mains dans mes cheveux. D'habitude je n'aime pas qu'on touche mes cheveux mais son geste m'a plu. Il a joui. Il s'est accroupi devant moi. J'ai dit non, il n'a pas insisté. Quand je suis retournée au bar les semaines suivantes, ni lui ni son copain n'étaient là. Un soir j'ai reconnu le brun et je l'ai ramené à mon hôtel. J'avais vingt-cinq ans.

Tout à l'heure je suis entrée dans un club et j'ai dansé. Il semblait que ce fût le seul de cette ville moderne, jeune et dynamique où il n'y eût pas d'entrée à payer. Je suis descendue dans un grand sous-sol balayé par des rayons laser, désert en dehors de dix ou douze personnes réparties par petits groupes près du bar. J'ai enlevé mon imperméable et mon gilet. Je n'avais plus que mon fuseau noir et un tee-shirt moulant à petits carreaux blancs et noirs, avec un décolleté arrondi. C'est une tenue qui m'allonge et me rajeunit. J'ai dansé d'abord maladroitement, empotée au milieu de la piste vide, figée dans la lumière des spots. Puis un peu moins timidement, puis avec plaisir, avec fougue, avec passion, comme autrefois quand me prenait la transe. Je suis restée jusqu'à la fermeture à deux heures et demie du matin. Aucun homme ne m'a regardée.

En un vendredi soir où, des banlieues avoisinantes, affluent dans la ville qu'elles contribuent ainsi à rendre encore plus moderne, plus jeune et plus dynamique, des gamines de seize ans aux mèches d'un blond décoloré qui profitent de l'arrière-saison d'une douceur stupéfiante pour se vêtir de tee-shirts en stretch dénudant leur nombril, de minishorts en skaï brillant

et de longues chaussettes en satin blanc s'arrê-
tant juste au-dessus du genou qui mettent en
valeur leurs cuisses nues, trente-deux ans, c'est
vieux.

Quand j'étais jeune, j'ai fait l'expérience du
pouvoir des mots. J'avais invité à dîner un de
mes amis homosexuel, A., dans le studio où je
venais de m'installer. Il y avait juste un matelas
par terre, et dans un coin du studio, un esca-
beau contre lequel était appuyé mon vélo. A. est
beau, intelligent et riche. Il a grandi dans un
pays arabe, d'où l'inhabituel raffinement de ses
manières. Il a dix-neuf ans, et il a été mon
condisciple pendant l'année qui vient de s'écou-
ler. Il m'a plusieurs fois invitée dans des restaurants luxueux pour m'y raconter ses aventures
qui ont commencé dans un collège de jésuites
huit ans plus tôt. Il m'a menée dans des clubs
gays où je l'ai vu draguer de beaux garçons. Il
m'a souvent raccompagnée chez moi en voiture
le soir après les cours. Il m'a, une fois, offert de
superbes habits pour un dîner chez lui où il me
souhaitait élégante.

On est assis par terre et je lui tiens le rai-
sonnement suivant : « Il est clair que tu me
désires même si tu ne le sais pas. Tu as plaisir à
me voir et à me raconter ta vie. Tu me trouves
belle, tu me l'as dit. Moi aussi, je te trouve beau

et j'ai un très grand plaisir à te voir. Mon instinct ne me trompe pas : il y a quelque chose entre nous. Nous avons le choix : réaliser ce quelque chose ou ne pas le réaliser. Je suggère qu'en adultes nous le réalisions. Je suggère que nous fassions l'amour. »

A. m'écoute avec attention. Mon discours produit sur lui une sorte de commotion. Quand je lui demande de se déshabiller, il se déshabille. Il enlève ses chaussures, son pantalon, son tee-shirt, ses chaussettes. Il est en caleçon. Son érection tend le tissu fin du sous-vêtement. Il l'ôte. Sa verge est raide, énorme. À genoux sur la moquette, je l'effleure. Le plus surpris de nous deux, c'est moi. Il suffit de parler : d'un coup de baguette les mots se réalisent.

Ce matin, je n'avais aucune envie de me réveiller quand le réveil a sonné. Ce n'était pas seulement parce que je m'étais couchée tard. Quelque chose m'attirait de l'autre côté du sommeil. J'ai refermé les yeux pour sentir sa douceur encore un instant. Soudain je replonge dans le rêve. Je suis assise entre deux hommes à l'arrière d'une voiture qui roule sur une route de campagne. Nous parlons. La conversation n'a aucune importance. Les doigts de l'homme sur ma droite sont entrelacés aux miens. Je ne le vois pas, il n'est qu'une silhouette. Éveillée, je n'ai pas de mal à savoir qu'il s'agit d'I. Du pouce, nous nous caressons le dessus de la main. Les yeux fermés, dans mon lit d'hôtel, je peux encore sentir la sensation de ses doigts sur ma main et de sa peau sous mes doigts.

Dans les placards secrets de la maison qui n'ont de secret pour personne mais que mes frères et moi ouvrons encore en cachette, je fouille et ne retire de la pile que les magazines susceptibles de me plaire. Je les feuillette rapidement et m'arrête quand je tombe sur une image de jeune soubrette à quatre pattes sur un sol dur, le visage tordu par la peur, pourfendue par une massue humaine qui entre et sort de son trou, humide comme en témoignent les giclées habilement dessinées. Elle hurle non et supplie son bourreau tandis que mon ventre vibre et se crispe autour d'un vibromasseur imaginaire.

À vingt ans, j'ai exercé le pouvoir des mots. À trente-deux ans je l'ai subi. Un homme m'a dit : « Ton odeur m'excite. » Il l'a dit dans une langue étrangère : « Your smell arouses me. » Il l'a dit lentement, avec un accent anglais doublé d'intonations étrangères, en me regar-

dant dans les yeux. Son accent british a trans-
formé la diphtongue dans la deuxième syllabe
de « arouses » en une gamme musicale qui m'a
émue comme les vibrations lentes et graves
des chants d'amour portugais. Il a ajouté :
« Your smell, I don't mean your perfume or
your soap, no, the smell of your body. » Ce qu'il
y a en moi de plus intime et de moins contrô-
lable : mon odeur. Ses yeux gris clair étaient
fixés sur les miens. Il me regardait sans sourire,
avec une gravité extrême. J'ai baissé les yeux. Je
me suis aussitôt rappelé la soirée où nous nous
étions rencontrés cinq jours plus tôt. Il ne prêtait pas attention à mes paroles comme je le
croyais alors mais à mon odeur. Que son intérêt
pour moi ait été érotique ne me gêne pas. Ce
qui me trouble, c'est le souvenir de mon odeur
ce soir-là, décelable derrière le parfum. Je ren-
trais d'une journée de travail épuisante à l'extérieur de la ville. La pluie diluvienne avait
ralenti la circulation déjà embouteillée du vendredi soir, et quand j'étais arrivée à la maison
à neuf heures du soir après trois heures et
demie passées en voiture, j'avais juste eu le
temps de me changer avant de repartir avec Y.
Pendant cette journée de travail et ce retour en
voiture passé à discuter, j'avais dû beaucoup
transpirer. Je voudrais rétrograder dans le
temps, me retrouver chez moi avant d'aller
à ce dîner où je vais rencontrer I., et sauter

dans la douche. Je pense à mon odeur maintenant. Heureusement, aujourd'hui, j'ai pris une douche juste avant de sortir. Les mots font lentement leur effet sur moi comme ces capsules qui fondent après avoir été avalées et répandent dans le sang leur drogue. « Your smell arouses me. » Ce sont indubitablement des paroles de désir.

Il y a eu des périodes où je n'avais aucune envie de me masturber et où je n'y serais pas parvenue malgré d'honnêtes tentatives. Il y en a eu d'autres où je me suis masturbée tous les jours, voire deux ou trois fois par jour, et où le moment de cette jouissance solitaire était incontestablement le meilleur de ma journée.

J'ai appelé le lundi soir. Je savais qu'il partait une semaine plus tard. Après avoir raccroché, j'ai dit à Y. du ton le plus naturel : « Mercredi je vais voir I., tu te rappelles, le frère de cette fille chez qui on a dîné vendredi; il a dit qu'il me montrerait quelques galeries et comme il est artiste je vais en profiter. » Ce qui peut se dire avec une telle simplicité ne peut pas être mal. Mais, le mercredi, n'avais-je pas un peu trop de joie en descendant à vélo l'avenue ensoleillée et en sentant la brise caresser mes joues ?

À la fin du dîner, vendredi il y a trois semaines, I. et moi ne parlions plus ensemble, comme si nous avions épuisé les sujets de conversation. Au moment de partir, quand je l'ai embrassé sur les joues, à la française, j'ai senti le tressaillement de sa joue. Je me suis aussitôt rappelé le tremblement de la joue d'Y. sept ans et demi plus tôt, quand il avait quitté la fête où je l'avais rencontré.

Y. et moi sommes rentrés chez nous à pied. Il ne pleuvait plus, la nuit était douce. Y. était content de sa soirée. Du frère de notre hôtesse avec qui il m'avait vue parler si longuement, il a dit soudain : « Il est certainement gay. » Sans réfléchir, j'ai répondu : « Oh non, je ne crois pas. » Y. n'a rien dit, comme s'il n'entendait pas la menace contenue dans ces mots.

Parfois la jouissance est telle que je doute de pouvoir en atteindre une aussi forte avec un homme. Déclenchés par un fait divers dans le journal ou un détail épicé dans un roman, mes fantasmes sont très semblables les uns aux autres : on me force, ils vont être plusieurs à me faire subir ça, je suis à leur disposition, ils m'abusent et me forcent à jouir : c'est cela qui leur plaît, m'annihiler moralement et m'entendre crier de plaisir alors qu'ils sont en train de me violer. C'est cela qui m'a le plus plu chez Sade : le con mouillé de Justine, cette preuve suffisante en dépit de ses larmes. Ils ne me lâcheront pas avant que j'aie joui. Je voudrais resserrer mes cuisses mais ils ont attaché mes jambes de chaque côté du lit. J'ai raconté mes fantasmes à O. Ils l'ont excité. Il m'a attachée et violée. Ce ne sont pas les fois où nous avons le mieux fait l'amour, c'était même un peu triste. O. n'avait pas de fantasme. Il faisait l'amour avec moi, pas avec une image qu'il aurait interposée entre lui et moi. Il a fini par penser que je ne l'aimais pas suffisamment, puisque j'avais besoin de fantasmes pour jouir avec lui. L'angoisse est entrée dans notre rapport sexuel. J'avais des fantasmes et me sentais coupable. J'ai fini par croire moi aussi que je ne l'aimais pas assez.

Quand je suis entrée dans la galerie, le mercredi, j'ai constaté avec soulagement qu'I. ne me plaisait guère malgré ses yeux gris clair. Il m'a parlé de l'auteur des œuvres qu'il avait tenu à me montrer, un jeune artiste mexicain parvenu au stade terminal d'un cancer. Il aimait, dans ces œuvres, leur calme. Assis sur le plancher clair au milieu de la galerie, nous avons échangé des pensées graves sur la mort et sur la culpabilité de ceux qui restent. Plusieurs de ses amis étaient atteints du sida. Je guettais chaque indice. Je ne doutais plus de l'orientation de ses goûts sexuels et de son absence d'intérêt pour moi quand il m'a dit deux jours plus tard : « Your smell arouses me. »

Avec l'homme de rencontre, l'homme d'une nuit, ou l'homme qui me prend de manière inespérée alors que j'ai pleuré toutes les larmes de mon corps à l'idée de sa perte, je jouis sans fantasme.

B. m'a proposé de jouer au jeu de la vérité. Rien ne lui échappe. Quelqu'un a besoin d'un franc, je réponds que je n'ai pas d'argent alors qu'elle sait que j'ai huit ou neuf francs dans ma poche : je suis mesquine. Elle veut goûter mon pain au chocolat et je lui tends le bout où il n'y a pas de chocolat : je suis égoïste. Si je finis les cours avant elle, je rentre à la maison au lieu de l'attendre : je n'ai pas le sens de l'amitié, je prends les gens pour des bouche-trous. Par contre, si je sors de cours après elle, je m'arrange pour qu'elle m'attende : je suis mani-pulatrice. Je dis que j'ai complètement raté l'interro, et c'est moi qui ai la meilleure note : je suis hypocrite.

Je ne trouve jamais rien à lui dire. Un jour, dans la rue, alors qu'elle me fait part d'un autre de mes défauts, elle me demande pourquoi je garde ce silence ironique. Je me tais. « Tu te prends pour une martyre, évidemment ! » elle s'exclame. Je ricane. Elle me gifle. J'allais la frapper mais me rappelle les leçons du catéchisme : je lui tends l'autre joue. Elle me donne un coup de poing. Je l'agrippe par les cheveux. On roule sur le trottoir, on se frappe, on se griffe, on se gifle, on s'arrache les cheveux. « Je ne t'ai jamais aimée », je hurle, « tu as raison, tu n'es qu'un bouche-trou ! »

Nous avons douze ans. Nous venons de passer des années à construire avec une fébrilité identique des maisons de carton pour des poupées avec lesquelles nous ne jouons pas, à fabriquer de beaux livres d'art avec des illustrations arrachées dans les volumes anciens des bibliothèques, à voler dans les supermarchés, à transgresser l'interdiction de nous voir que nos parents nous ont infligée. Nous ne nous reparlerons pas.

B. est populaire. Elle a rassemblé une bande de filles. Elles m'assaillent dans les escaliers du lycée et m'insultent. Au stade, elles me poursuivent et me traitent de sadique ou d'exhibitionniste. B. leur a tout dit. Elles savent que je me touche les poils en lisant pour en arracher les petites boules agglutinées, que je ne me lave pas, et qu'une fois j'ai retrouvé une fourmilière dans ma petite culotte pleine de pertes blanches. Chaque soir je rentre à la maison en pleurant et je supplie maman de me changer de lycée. Elle allait le faire quand je lui dis que ce n'est plus la peine. Je viens d'entrer sous la protection de Z., qui a pulvérisé en quelques tirades B. et sa bande en train de m'attaquer.

Quand je raconte à I. ma petite discussion avec Y. après le dîner du vendredi précédent et notre désaccord concernant son identité sexuelle, il sourit et dit : « So I am in the perfect position. » Ce sont les premières paroles qui me troublent. Elles semblent claires : « in the perfect position », puisque le mari le prend pour un pédé et que la femme, elle, moi, ne s'y trompe pas. Mais je ne suis pas encore certaine de comprendre. Ne vient-il pas de me dire, en réponse à une question que je lui ai posée parce que je voulais savoir à quoi m'en tenir, que sa seule aventure de tout l'été s'était produite avec un styliste suédois en vacances ? N'est-il pas en train de penser à cet homme à l'instant même ? Je ne me tiens pas sur mes gardes. Je ne prête que peu d'attention à ce plaisir que j'ai à le revoir. Sans doute, mon empressement m'inquiète un peu : il me rappelle des souvenirs d'il y a sept ans et demi, d'autres appels téléphoniques illégitimes, d'autres rendez-vous secrets. Mais que peut-il y avoir de commun entre I. et Y. ? Je n'ai pas peur. Il est normal que je sorte seule de mon côté et me distraie un peu. Y. est si distant ces temps-ci, si soucieux de l'avenir, si exclusivement absorbé par la nécessité de trouver du travail. Les mots me frappent comme un coup de massue. Il est vrai que j'avais tendu la tête. Croyez-le ou non, je ne m'y attendais pas. « Your smell arouses me. » Je ne savais même pas que j'étais encore désirable. Je baisse les yeux. La détonation est suivie d'une déflagration qui fait sauter toutes mes protections.

Une femme que je trouve belle, avec un profil d'Orientale et une voix d'une merveilleuse douceur, m'a dit : « Toi qui es si libre et si intelligente, comment peux-tu avoir des fantasmes d'homme ? — Des fantasmes d'homme ? » j'ai demandé. « Oui : le viol, la violence, tout ça, c'est un peu dépassé, c'est une vision mâle du désir, tu ne crois pas ? »

On m'avait dit qu'elle était folle : son plus grand jeu consistait à étrangler ses compagnes jusqu'à l'évanouissement. J'étais terrorisée. Longtemps j'ai guetté Z. à distance, en attendant que le monstre en elle se réveille. Le jour de la rentrée, quelqu'un me l'a désignée à voix basse. Elle se tenait à l'écart des petits groupes d'amies se retrouvant après les grandes vacances, l'épaule appuyée contre le mur de la classe, les jambes croisées, absente au bruit autour d'elle, avec des cheveux blonds très courts coupés comme ceux d'un garçon, des lunettes à monture métallique, un duvet blond au-dessus de ses lèvres minces, la peau très blanche, des seins développés pour une fille de douze ans, vêtue d'une chemise en patchwork qui n'était pas à la mode, d'un pantalon et d'une grosse veste grecque, absorbée dans sa lecture, un Pléiade sur la tranche duquel j'ai pu déchiffrer le nom de Shakespeare sans qu'elle m'octroie un regard. Un jour, en entrant dans la classe de sciences naturelles juste avant une interrogation sur table, je lui ai demandé si je pouvais m'asseoir à côté d'elle; j'avais entendu dire qu'elle laissait ses voisines tout copier sur elle. Ensuite nous nous sommes toujours assises côte à côte.

A-ro-u-ses, en quatre syllabes bien nettes. L'accent british de l'anglais appris à l'école, le nez fier, la douceur des syllabes et de la voix orientale, quelque chose de moelleux où je m'enfonce, une voix à volutes, on dit une voix qui chante. L'effet d'une voix peut être plus fort que celui de caresses expertes dans les parties les plus intimes du corps. Une voix calme, lente. Il prend son temps. Il m'assène les mots sans se presser. Peut-être parle-t-il ainsi avec tout le monde, peut-être n'est-il pas sadique ; j'ai l'impression que c'est quelque chose de très spécial et de pervers qu'il ne réserve qu'à moi. Descente vertigineuse sur des skis ou une luge — ça file à toute allure, tout de suite je suis grisée par l'oxygène et l'excitation de la peur, je ne me rends compte de rien. Je perds le contrôle de mon sourire. La décision que j'avais prise juste auparavant de rester distante et charmante, femme mariée qui garde la maîtrise de la situation et qui pourrait avoir une aventure mais dans la légèreté et sans compromettre sa vie, je l'oublie. Je suis suspendue à cette voix.

Une fois qu'il a été nu, je me suis déshabillée aussi. Nous nous sommes allongés sur le matelas une place posé sur la moquette. Nous nous sommes enlacés. Il m'a serrée durement et ses paumes ont frotté mon dos, mon ventre, mes seins. Le contact n'était pas plaisant. Je me suis demandé si les homosexuels se touchaient toujours aussi rudement. J'étais sa première femme. Il aurait fallu conduire sa verge vers mon vagin et l'y introduire. Cela ne pouvait se faire tout seul. À vingt ans j'étais difficile à violer. Mes lèvres ne laissaient pas rentrer le sexe des hommes. En forçant on aurait déchiré ma peau; l'homme aussi aurait sans doute eu mal. De plus, même en forçant le succès n'était pas assuré : par une particularité anatomique qu'avait découverte E. peu auparavant, je n'avais pas le trou en face de l'ouverture. Ce détail ferait plus tard beaucoup rire Y. qui l'illustrerait d'un geste serpentin de la main, doué d'un puissant effet érotique sur moi. Une tentative de pénétration à l'horizontale se serait heurtée au barrage d'un os propre à décourager les intrus : on ne pouvait rentrer en moi qu'en se rehaussant légèrement afin de trouver, par un mouvement de plongée, le canal entre mes chairs.

Pour dire cela, je n'avais pas de mots. Peutêtre étais-je trop jeune ou les mots ont-ils leur limite. Le sexe d'A. cognait contre mes lèvres en de vains efforts. Dès l'instant où sa main m'avait rudement touchée, tout mon désir était tombé; je doutais même l'avoir jamais désiré. Il y avait eu quelque chose d'excitant à voir s'exercer sur lui le pouvoir des mots. Il n'y avait plus qu'une évidence : nos corps n'étaient pas faits l'un pour l'autre, et le spectacle de leur nudité sur le matelas par terre était sordide. « Excuse-moi », j'ai dit, « je suis désolée, ça ne marche pas, avec moi ce n'est pas très facile, je n'ai pas envie sans doute, c'est pour ça. » Mes paroles, je m'en rends compte aujourd'hui, manquaient de délicatesse. Je craignais son mépris, son dégoût de mon corps de femme. Je l'avais fait se déshabiller et lui avais juré qu'il me désirait pour le conduire à ce point où je lui disais : je n'ai pas envie. Ce n'était de ma part qu'une manière de m'excuser. J'aurais souhaité lui dire que les femmes, d'habitude, n'étaient pas si difficiles à pénétrer. Il s'est relevé brusquement et s'est rhabillé en silence. Juste avant de franchir la porte, il a laissé siffler des mots entre ses lèvres : « Je vais aller me purifier rue Sainte-Anne. » Il était impossible de mettre plus de mépris dans sa voix. C'était la rue des clubs gays où il m'avait parfois conduite. Nous ne nous sommes pas revus pendant plusieurs années.

Je fixe des yeux le bois abîmé de la table à pique-nique. Le soleil déclinant rend encore plus roses les tours en granit, en verre et en briques de l'autre côté de l'autoroute. Sur la table en bois roux, il y a ses mains. J'approche ma main. Du bout de l'index j'effleure le dessus de sa main droite. Les mains d'I. tremblent légèrement, ses doigts bougent à leur tour et s'entrelacent aux miens. C'est notre premier

41

contact. Puis nous nous regardons. Ses yeux gris clair, extraordinairement graves, semblent guetter quelque accord dans les miens et l'y trouvent sans doute puisqu'il approche lentement ses lèvres de mon visage. Je détourne la tête, la pose sur son épaule, contre son cou. C'est notre deuxième contact. « Pas ici », je lui dis, « ce n'est pas possible : c'est ici où Y. et moi nous promenons au coucher du soleil. » Il n'est pas exclu qu'Y. passe le long du ponton sur ses rollerblades. Je crois reconnaître Y. dans chaque rollerbladeur de l'autre côté de la grille. « C'est sans doute pour cette raison », j'ajoute, « que je t'ai demandé de venir jusqu'ici, dans un espace qui est celui d'Y. »

Il est onze heures ou minuit. Z. vient d'avoir quatorze ans. Je vais les avoir dans quinze jours. Demain, nous passons la première épreuve du BEPC, le premier examen de notre vie. Nous sommes toutes deux de bonnes élèves, nous n'avons pas peur. Nous ne pensons pas à l'examen. C'est la première fois que je dors chez Z. Nos parents en ont décidé ainsi car cela permettra au père de Z. de nous conduire ensemble au petit matin. Le lit de Z. se compose de deux matelas superposés que nous avons installés côte à côte.

Presque tout de suite j'ai peur, une peur panique. I. et moi ne nous sommes pas encore embrassés et déjà je pense aux vacances de Noël que je passerai dans mon pays sans Y. qui sera pris par son travail ou sa recherche de travail, et pendant lesquelles il me sera facile de me rendre à l'insu d'Y. dans la ville où I. habite, séparée de ma ville natale par une nuit de train.

Déjà j'en veux à I. comme j'en ai voulu à Y., sept ans plus tôt, du mal que pour lui j'ai fait à O.

Z. et moi ne parlons jamais de garçons. Nous avons des conversations audacieuses, mais par le biais de l'Antiquité. Z. me raconte les amours de Messaline, de Néron, de Caligula, d'Agrippine. Elle se moque devant moi de la naïveté d'un sultan faisant garder ses femmes par un eunuque, comme si un eunuque ne pouvait rien faire. « Que peut faire un eunuque ? » je demande aussitôt. Z. pointe son majeur vers l'avant : avec les doigts on peut faire bien des choses et je le sais certainement. Cette allusion si directe à la masturbation, à laquelle il m'est impossible d'imaginer Z. se livrer, me rend écarlate.

R. Il y a des hommes dont on se rappelle d'abord le prénom. Nom de rose, nom délicat qui sent la fleur et le rosaire, les grains qu'on fait glisser pour prier. Quand je rentre vers dix heures, il y a quelqu'un d'autre à la réception de la petite pension où je suis descendue pour une nuit. C'est un garçon jeune, qui me sourit poliment en me tendant ma clef. Il ne comprend pas ma langue et je ne parle pas la sienne. Je me sens seule. J'ai passé une soirée triste. J'ai vingt ans et personne ne m'a remarquée, sauf un homme en haillons que j'ai croisé sous des échafaudages et qui m'a fait un geste obscène. Il ne faut pas rester dans une ville l'été, surtout une ville du Sud, chaude, sale et poussiéreuse. Demain je vais partir pour un de ces jolis villages de bord de mer dont regorge cette île. Quand je pousse le volet de la porte-fenêtre donnant sur un balcon, un énorme insecte noir et rampant détale vers l'intérieur de la chambre. Je pousse un cri et me réfugie sur le lit. Je vois la bête derrière la table de nuit, encore plus apeurée que moi. Je sors de la chambre en courant pour aller chercher le gardien de nuit. Il me suit avec un balai. Il tue le cafard, le ramasse et le jette par la fenêtre. Il inspecte le balcon pour vérifier qu'il n'y en a pas d'autre. Je me suis allongée sur le lit, sur le ventre. À travers ma chemise en fin coton blanc je sais qu'on voit mon corps. Je le remercie et lui souris. Il sort de ma chambre.

Plus tard, en chemise de nuit, je vais le trouver. Je baragouine quelques mots. Je joue à être la réceptionniste. Il me laisse sa chaise. Il me dit son nom, étrange et féminin malgré sa désinence en o. Je lui dis le mien. Il semble extrêmement timide. Enfin je suis sur ses genoux et nos lèvres se rencontrent.

Il me fait l'amour sur un petit lit dans une pièce étroite comme un placard. Il ne jouit pas. Je lui demande pourquoi. Il me montre son sexe dont je n'ai pas aperçu l'anormalité ; il m'explique par gestes qu'il doit subir une opération.

Le samedi j'ai commencé à remarquer mon odeur. Je me respire sous les bras. Je sens fort. Même après la douche il me semble que je sens fort. Mon odeur ne veut pas disparaître. Si je parle le matin au téléphone, je transpire beaucoup et mon odeur devient si forte qu'on peut la sentir à distance. Ce n'est pas une bonne odeur. Après avoir constaté que je sentais mauvais, je m'approche d'Y. et je lui demande de me respirer. Il ne veut pas. J'insiste. Il se met en colère. Je me mets en colère de son refus. « C'est mon odeur », je lui dis, « et mon odeur c'est moi, moi tout entière, moi avant et après la douche, si tu m'aimais tu respirerais mon odeur maintenant et tu l'aimerais mon odeur, elle t'exciterait. » Y. me trouve ridicule. Il se fâche sérieusement. Je me mets à pleurer. Quand je veux le forcer à me sentir, il me repousse brutalement. Je l'insulte et je pleure. Je sais, il n'est pas besoin de me le dire, je manque terriblement de décence.

A. m'avait demandé si j'aimais l'odeur d'Y. au creux de son aisselle ; il lui semblait qu'aimer, c'était aimer cela : l'odeur des poils de l'autre au creux de son aisselle.

Pour la nuit chez Z., j'ai choisi une courte chemise de nuit en voile de coton qui avait appartenu à ma mère et que je n'avais jamais portée. Tandis que, obéissant à l'autoritaire injonction de Z., je me lève et, le dos cambré, marche vers le bureau pour éteindre la lumière, je suis consciente du regard de Z. sur mon corps, visible à travers la chemise dans l'éclat de la lampe. Je n'arrive pas à m'endormir. Je finis par l'appeler. « Quoi ? » elle me demande d'une voix parfaitement éveillée. Je tends la main et effleure son bras. Je le caresse doucement. Elle m'attire sur son matelas. Je suis sous Z., dont les paumes rentrent sous ma chemise et remontent sur mes hanches et mes seins. Ses mains sont chaudes et terriblement douces, sûres de leurs caresses. Mon corps explose de plaisir. Je serre Z. contre moi, je presse sa tête, je lisse ses petits cheveux blonds, je les agrippe et je lui dis : « Je t'aime, Z., je t'aime. » Elle est la première à qui je le dise.

Je me suis mise à respirer tous mes vêtements et je m'aperçois que la plupart ne sont pas propres car on y sent mon odeur sous les manches. Je suis prise d'une frénésie de nettoyage. J'ai acheté du Woolite et un séchoir en plastique pour faire sécher mes pulls en les étendant. Je porte chez le blanchisseur tous mes chemisiers. Chaque soir je fais tremper dans le lavabo de la salle de bains un vêtement en tissu délicat. Je mets dans l'eau un peu d'assouplisseur à l'odeur fraîche de lessive qui sèche au grand vent. L'appartement s'emplit de cette odeur. Ma fine chemise de nuit en coton blanc brodé qui a séché tout le jour ne sent plus moi du tout. Je rentre dans son odeur. Au fur et à mesure que l'odeur fraîche de l'assouplisseur envahit la salle de bains, le reste de l'appartement et les placards où je suspends les vêtements propres, la mienne disparaît, et avec elle les paroles de l'autre.

À la maison on m'a toujours appelée l'exhibitionniste. Marcher nue de ma chambre à la salle de bains ne me dérangeait pas, et je ne fermais pas la porte des cabinets quand je faisais pipi, ce qui provoquait la colère de mon père. Quand j'avais dix ans, je suis rentrée de colonie de vacances et j'ai demandé à mon père : « Papa, qu'est-ce que c'est un nudiste ? » Il m'a répondu : « Quelqu'un qui vit tout nu. » La réponse m'a laissée perplexe. J'avais détesté cette colonie, moi qui n'aimais pas les groupes. J'étais tombée malade dès mon arrivée et je ne rapportais guère de souvenirs, sinon cette apostrophe d'un garçon, L., dont je n'ai pas oublié le prénom vingt-deux ans plus tard : il m'appelait la nudiste.

I. n'a pas dit qu'il était amoureux de moi. Il a dit : « Your smell arouses me. » Ce sont des mots précis qui indiquent bien ce qu'ils veulent dire. Il n'a rien dit d'autre. Mais un peu plus tard, avant le premier baiser, encore sous le coup de ces mots qui m'ont ébranlée, je lui dis : « Please, don't fall in love with me. » Nous venons de passer quarante minutes yeux dans les yeux et doigts entrelacés tandis que l'air fraîchissait, et quand nous nous sommes levés de la table à pique-nique pour marcher vers la sortie du ponton il y avait dans notre dos, reflété par les larges baies vitrées des immeubles de l'autre côté de l'autoroute, un de ces crépuscules sans nuages où une bande de feu traverse l'horizon clair. Il ne restait plus qu'à entendre la musique des violons. J'ai ri et dit : « S'il te plaît, ne tombe pas amoureux de moi. » Il a répondu avec un sourire non dépourvu de sadisme, de malice, de sarcasme et de tendresse : « Qu'est-ce qui te fait croire que je pourrais tomber amoureux de toi ? »

Dans les semaines qui précèdent le départ en vacances, je m'habille pour Z. Je mets une robe blanche avec des bretelles rouges, qui se porte sans soutien-gorge et se boutonne devant, de haut en bas, par de gros boutons rouges ; sa toile épaisse irrite mes seins dont elle fait se rétracter les pointes. Z. m'a dit que j'étais bien jolie dans cette robe. Rares sont les compliments qui tombent de sa bouche quand elle s'adresse à moi ; Z. n'est pas une tendre. Nous assistons à une représentation du *Tartuffe* dans une loge située sur le côté du théâtre ; pour voir la scène en entier il faut se pencher en avant. J'écoute, je ris. Vient un moment où je n'écoute plus. J'ai remarqué que Z., dont le fauteuil est en retrait du mien, a posé son bras sur le dossier de mon fauteuil quand elle s'est inclinée vers la balustrade. Si je m'appuie contre mon dossier, son bras sera tout près de mon dos. Je le fais. Je ne prête plus attention à la pièce. Toutes mes sensations sont concentrées dans mon dos, sur le bras appuyé sur le dossier de ma chaise, pas encore entré en contact avec ma peau. Le contact ne se produit pas là où je l'attendais, contre mon dos, mais sur le côté. La main de Z. se rabat lentement sur le haut de mon bras gauche, nu. Je frissonne. Je passe tout le reste de la pièce dans la chaleur de cette ceinture de chair qui enserre mes épaules. À la sortie, la maman de Z. nous attend dans la voiture garée au bord du trottoir. « Alors les filles, comment était la pièce ? » La maman de Z., chilienne, est une femme chaleureuse qui rit beaucoup et qui parle avec un fort accent étranger. Ma bretelle avait glissé sur mon bras. Je l'avais remise sur l'épaule pendant les applaudissements. Quand les lustres s'étaient rallumés, nous nous étions levées sans nous regarder et sans dire un mot.

Quelques jours après la soirée au théâtre, je remets la robe blanche aux bretelles rouges pour rendre visite à Z. Nous n'avons plus classe. Bientôt nous allons être séparées pour les grandes vacances.

Les docteurs en voient de toutes les couleurs. Les gens arrivent avec des goulots de bouteilles, des peaux de bananes ou des balles de tennis enfoncés dans l'anus. « Docteur tout à l'heure je me suis laissé tomber sur un fauteuil sans voir qu'il y avait une bouteille, une banane ou une balle de tennis dessus et voilà ce qui m'arrive. » C'est un grand sujet de blague pour les adolescentes de quinze ans. Alors même que je ris, dans des zones grises et troubles en moi ça palpite doucement d'inquiétude et de culpabilité. Il m'est arrivé de m'enfoncer quelque chose et de ne pas pouvoir le retirer. Heureusement, c'était par-devant. Dans ma panique j'ai enfoncé mes doigts violemment, profondément, rentré ma main presque entière, en ne sentant pas la douleur mais seulement l'urgence de retirer l'objet. J'ai égratigné la peau à l'intérieur et ça a saigné, mais la chose est sortie. Mon soulagement était indescriptible. La brosse à cheveux m'offre une sécurité grâce à sa partie plus large et hérissée de poils de sanglier.

O. est tombé amoureux des pinceaux de mon adolescence. Il aurait voulu me faire jouir avec les pinceaux mais, maniés par un autre que moi, ils me laissaient insensible.

Z. s'est relevée alors que nous étions assises toutes les deux par terre au pied de son lit. Elle a fermé la porte de sa chambre et poussé le verrou. Depuis deux ans que je viens régulièrement chez elle le soir après les cours pour faire nos devoirs, c'est la première fois qu'elle ferme à clef la porte de sa chambre, toujours ouverte pour son petit frère qui entre sans frapper. Elle revient s'asseoir près de moi. En silence, avec des gestes lents et graves, elle fait glisser la bretelle sur mon épaule et commence à déboutonner un à un les boutons rouges sur le devant de ma robe, glissant sa main dans l'ouverture, entre mes petits seins érigés. Mon corps est tendu d'un désir fou. De mes lèvres closes s'échappe un gémissement de plaisir à peine audible. On essaie d'ouvrir la porte. Z. suspend sa caresse, mon souffle s'arrête. « Laisse-nous tranquilles, on travaille », Z. dit de sa voix de grande sœur la plus ferme et la plus calme. De l'autre côté de la porte retentit la voix chaude et autoritaire de sa mère : « Je vous apporte du thé et un goûter, qu'est-ce que vous fabriquez là-dedans, Z., qu'est-ce qui te prend de fermer ta porte à clef ! » Malgré leur tremblement, mes mains à toute allure rattachent les quatre boutons défaits tandis que Z. se lève d'un bond et me guette du coin de l'œil avant d'ouvrir le verrou. La mère de Z. entre et pose le plateau sur la moquette au milieu de la chambre. Son œil soupçonneux se pose sur moi, je baisse les yeux et rougis.

Sur les plages privées des grands hôtels nous avons vu des femmes bronzées aux faux cheveux blonds, la peau tendue par un lifting, le visage disgracieux et la taille mincie par des heures d'aérobic, vêtues de bikinis aux couleurs fluo-rescentes et le cou marqué de rides, entourées de jeunes hommes bruns à la peau mate dont les gestes traduisaient une grande intimité ou le désir de l'acquérir. Ces jeunes femmes plus très jeunes, venues là pour cueillir l'indigène, belles comme est bonne la viande avariée pour un affamé, m'inspiraient des commentaires condescendants et moqueurs. J'avais vingt-sept ans, je voyageais avec un homme, un homme à moi, un homme aimé, Y., c'était notre lune de miel.

N. et moi avons peu de goûts en commun et il y a beaucoup de choses chez elle qui me dé-plaisent : l'obligation d'ôter ses chaussures en entrant, les chambres trop bien rangées avec leurs jouets que je n'ai pas le droit de toucher, l'interdiction de boire de l'eau avant d'avoir fini sa soupe, les carrés de chocolat parcimonieusement distribués au goûter, et surtout la crainte de N. de déplaire à sa mère et à sa grand-mère, qui la rend une petite fille sage et timorée. Mais ce week-end-là, quand nous avons sept ans, dans le jardin de la petite maison de sa grand-mère à la campagne, je parviens à lui imposer mon jeu et je suis ébahie qu'elle l'accepte : il s'agit, chacune à son tour, de courir après l'autre dans le jardin, de l'attraper, d'allonger la « prisonnière » à même le sol, de soulever sa robe et de lui coller sur le ventre une plaque de métal que je viens de trouver dans une caisse de vieux jouets, préalablement trempée dans une eau glacée. Faire subir le supplice à N. ne m'amuse pas trop ; mais quand vient le moment où elle soulève ma robe pour y poser la plaque de métal, je ferme les yeux de peur et de délice, et j'insiste : « Trempe-la bien dans l'eau froide. »

N. n'a plus envie de jouer à ce jeu ; je sens que j'ai suffisamment abusé de sa complaisance.

Je n'ai parlé à Z. d'aucun des garçons que j'ai rencontrés entre quinze et dix-neuf ans, et surtout pas de celui, peu mémorable, qui m'a débarrassée de ma virginité quand j'avais dix-sept ans. Même ceux dont je tombe amoureuse me semblent à côté de Z. des quantités négligeables. Il me suffit d'imaginer leur débat si elle

les rencontrait : elle ne ferait d'eux qu'une bou-
chée.

Si Z. sent qu'un de nos condisciples m'intéresse, elle attaque. Je suis attentive à contrôler
mes sourires.

Très vite je me suis mise à tout faire en fonc-
tion d'I. dont je ne sais presque rien. Ici, dans
cette ville moderne, jeune et dynamique, j'ai
envie de voir de l'art parce que j'essaie d'imaginer les yeux d'I. sur cet art. Je vais danser la nuit
parce que j'aimerais danser avec lui; son corps
svelte est gracieux, il doit avoir le rythme dans la
peau. Je parcours le journal en cherchant le
nom de son pays d'origine, et lis l'article avec
un intérêt passionné. Dans la rue je reconnais sa
langue. La vue d'un enfant m'évoque la douceur avec laquelle il parle à sa nièce. Chez moi,
le lendemain de notre promenade au bord de la
rivière et dans les jours qui ont précédé son
départ, je me suis mise à traduire une histoire
écrite l'an dernier, pas seulement parce que je
n'arrivais plus à rien faire d'autre, mais aussi
parce que je voulais qu'il me connût mieux
grâce à cette histoire et qu'il pensât à moi
quand il serait loin. Après le départ d'I., j'ai téléphoné à mon amie H. à qui j'avais donné ma

traduction à lire ; entendant son commentaire je me suis exclamée : « Du franglais, vraiment ? Peu lisible ? Tu veux dire qu'on est irrité par la maladresse de la langue ? Je comprends que ma traduction n'est pas bonne, mais quelqu'un qui n'aurait pas lu l'original, quelqu'un qui ne comprend pas le français, il n'aurait aucune idée de ce que j'ai écrit en la lisant ? Il penserait simplement que c'est un mauvais texte ? »

H., heureusement, n'a pas compris la nature de mon émotion ; croyant que je mettais en doute son jugement, elle a rétorqué avec une pointe d'agressivité : « Tu sais, l'anglais aussi est une langue, ce n'est pas ta langue et il est normal que tu ne puisses pas te traduire toi-même, il est rarissime de pouvoir le faire, tu n'es pas Beckett. »

J'avais soudain mal ; une douleur me serrait la poitrine, pas la douleur qui vous fait pleurer mais celle qui vous donne mal au cœur et vous empêche d'avaler quoi que ce soit, nourriture ou boisson, la douleur d'amour qu'il m'était pénible de retrouver après tant d'années, désagréablement familière. Je me suis maudite d'avoir été assez stupide et égocentrique pour croire qu'il m'aimerait davantage s'il lisait ce que j'avais écrit, lui qui aimait mon odeur, et j'ai pensé que c'était bien fait pour moi d'avoir comme d'habitude voulu tout ensemble. Car il m'est apparu évident qu'I., après avoir lu quelques pages de cet épouvantable franglais, renoncerait à m'envoyer son adresse comme il l'avait promis : il serait embarrassé d'avoir à me dire qu'il ne pouvait même pas me lire.

H. suit religieusement ce onzième commandement : « Dès que tu en désireras un autre, tu quitteras l'homme avec qui tu vis. »

Le seul aveu que je lui aie fait a été celui de ma passion pour notre prof de latin, quand nous avions seize ans. Je l'ai enrobé de circonstances comiques. Elle a écouté avec avidité, posé de multiples questions. Elle voulait tout savoir. Quand, où je l'avais vue en dehors des cours, ce qu'il y avait dans les lettres, quelles caresses dérobées, quels sourires accordés. Pour plaire à Z. je me suis moquée de cette femme passionnément aimée. Elle a ri avec moi. La confession achevée, Z. a complètement changé d'expression. Elle m'a regardée avec plus de sévérité qu'elle n'avait jamais montrée à mon égard. Elle m'a ordonné : « Ne fais plus jamais ça. Tu m'entends ? » Son visage m'a fait peur. J'ai dit oui.

J'ai toujours eu la terreur de rester enfermée dans les cabinets. Dans les lieux publics, il suffit que le verrou résiste ou que la poignée soit un peu dure pour que je panique aussitôt. Mon cœur bat à toute allure, mes gestes se précipitent et s'acharnent avec une violence irrationnelle, et quand la porte finit par s'ouvrir, j'ai les mains qui tremblent et les jambes coupées. Il m'est arrivé une fois de me retrouver enfermée dans des cabinets. Je ne les avais pas fermés à clef, mais la poignée tournait à vide. Il n'y avait rien à faire. Après dix minutes d'essais infructueux, je me suis mise à pleurer, à hurler, à appeler ma mère, dans ce petit local de deux mètres carrés où je ne pouvais que me tenir debout ou m'asseoir sur la cuvette. J'étais nue. J'ai réfléchi. J'avais rendez-vous une heure plus tard pour déjeuner avec l'homme qui m'avait accueillie pour ma visite professionnelle dans cette ville. Il attendrait, téléphonerait dans ma chambre, monterait peut-être, frapperait à la porte ; personne ne répondrait. Il penserait que j'avais oublié notre rendez-vous. C'était dimanche, aucune femme de ménage ne viendrait car ce n'était pas un vrai hôtel mais un club. J'allais passer une journée et une nuit dans ce réduit, nue, sans nourriture et sans livre. J'avais froid.

J'ai pleuré longtemps. J'ai hurlé de rage. De ce lieu clos aux murs épais situé dans un angle de la chambre, personne à l'extérieur ne pouvait m'entendre. J'avais beau le savoir, j'ai continué à hurler longtemps, de toutes mes forces, en appelant ma mère ou en poussant des cris. À un moment j'ai fait le geste machinal qu'on accomplit quand on ne parvient pas à croire à la réalité du réel horrible ; j'ai tendu la main, tourné la poignée. Quelque chose s'est enclenché, la porte s'est ouverte. J'ai ri, pleuré, dansé sur la moquette de la chambre. Ma gorge enflammée m'a fait mal toute la journée et pendant les jours qui ont suivi.

Il est une personne à qui je pense parfois depuis que j'ai appris qu'elle débarquerait à son tour, demain, dans cette ville moderne, jeune et dynamique. C'est une jeune Française, auteur d'un petit roman réputé pour son érotisme et traduit dans des langues étrangères. Je l'imagine belle. J'ai été soulagée de découvrir qu'elle était plus âgée que moi de huit ans. I. a prononcé son nom il y a dix jours, et maintenant j'apprends que cette femme, le seul jeune écrivain français qu'I. ait lu — dans une langue qu'il comprend et qui n'est pas du franglais —, doit arriver demain dans la ville où je suis. C'est une coïncidence extraordinaire. Je suis jalouse, mais ce n'est pas une jalousie mauvaise ; c'est un sentiment doux, une envie doublée de tendresse, le désir de la rencontrer, comme si son nom prononcé par I. avait créé un lien intime entre moi et cette femme qui ne me connaît pas.

Le personnage préféré de Z. est Stavroguine dans *Les Possédés*; le mien, Aliocha dans *Les Frères Karamazov*. Z. dit qu'elle et moi nous trouvons sur une grande échelle dont elle grimpe chaque échelon avant de me tendre la main.

Je n'ai pas la terreur de ne pas revoir I. même s'il est parti sans laisser d'adresse mais avec la promesse, que je crains tant qu'il ne tienne pas, d'écrire et d'envoyer une adresse (allant jusqu'à me demander s'il ne ferait pas mieux de m'écrire à mon lieu de travail, ce à quoi j'ai répondu : « Non, ce n'est pas la peine, nous ne sommes pas comme ça, Y. n'aurait jamais l'idée d'ouvrir une lettre qui m'est adressée », et puis me ravisant : « mais peut-être, quand même, ne devrais-tu écrire sur l'enveloppe que l'initiale de ton prénom », comme si le splendide prénom d'I. avec ses deux syllabes dont la première allonge les lèvres et la seconde les ouvre, ces deux syllabes nettes et arides comme les montagnes rocailleuses d'où l'on surplombe les déserts, pouvait révéler à Y. ce qu'il ne doit pas savoir). Il faut ne jamais revoir I. À cela je ne peux pas penser. Ce qui me rassure, c'est qu'il a laissé en cette ville sa sœur belle et grave aux yeux gris comme les siens, son beau-frère et leur petite fille. Je ne connais guère sa sœur, mais je peux l'appeler. Ce qui s'est passé a créé entre elle et moi une sorte de complicité ou de curiosité amicale. Je n'ai même pas besoin de lui demander des nouvelles d'I. : il sera toujours là entre nous.

C'est seulement la deuxième fois depuis le début de notre amitié que je lui ai dit que je voulais lui parler. La première fois, nous avions quatorze ans : c'était pour lui dire que je ne pouvais plus me supporter et que je ne voyais pas d'autre solution que le suicide pour en finir avec moi. Z. s'était moquée de mon romantisme : un tel acte s'accomplissait sans se dire. Le soir même je m'étais tuée en avalant cent Aspro.

Z. descend avec moi la rue que nous avons si souvent arpentée depuis sept ans. Nous avons dix-neuf ans. Z. est mince et cambrée, elle a des jambes fines, de beaux seins, de longs cheveux d'un blond vénitien et un visage sévère. Elle porte maintenant des lentilles qui rendent encore plus bleus ses grands yeux de myope. Elle est devenue élégante. Elle n'attire pas les hommes. Quelque chose en elle leur fait peur. On ne lui connaît aucune aventure. On ne lui connaîtra jamais aucune aventure. Plus tard, le bruit courra qu'elle est homosexuelle, mais aucun détail précis, aucun nom ne viendra corroborer cette rumeur. Je lui dis qu'O. et moi nous aimons : nous sommes un couple et elle, Z., n'a rien à faire dans ce couple. Elle doit cesser de dire du mal de lui en public et de me ridiculiser. Il y a eu d'autres hommes avant O. et il n'est pas normal que j'aie toujours eu peur de lui parler d'eux. Son amitié est lourde : j'ai depuis longtemps le besoin de m'en libérer.

Z. m'écoute en silence. Sa peau très blanche est encore plus livide que d'habitude. Elle a les traits crispés. Elle ne dit rien. Je voudrais retenir les mots, mais c'est trop tard : ils glissent comme des chars sur une pente boueuse qui écrasent sous leurs chenilles des corps dont les os craquent avec douceur.

J'ai prétexté la circulation, pourtant inexistante le dimanche, pour tourner à gauche puis à droite dans des rues plus petites. Arrêtée au coin d'une rue pour attendre Y., j'ai vu I. Rien d'étonnant : dans cette rue se trouvait la galerie où il devait aider l'ami de sa sœur à décrocher ses œuvres. Je le savais. Le vendredi, avant de me quitter, il m'avait proposé de venir le rejoindre là le dimanche, puisque le samedi je n'étais pas libre ; mais le dimanche non plus je n'étais pas libre : je le passais avec Y., comme le samedi. I. traversait la rue en portant deux gobelets de soupe, quand il m'a vue ; un sourire a illuminé son visage. Il a marché vers moi. À quelques dizaines de mètres derrière lui, Y. arrivait sur ses rollerblades. Quand I. s'est trouvé face à moi, je ne lui ai même pas dit bonjour. J'ai parlé d'une voix forte pour conjurer le danger : « Y. et moi allons déjeuner à Chinatown. » J'ai appuyé sur le premier mot de la phrase, le prénom d'Y. Je n'ai fait aucun geste vers I. J'étais assise sur mon vélo, raide et distante. Il me regardait toujours. Je ne pouvais pas sourire. J'ai répété d'une voix glacée : « Y. et moi allons déjeuner à Chinatown. » Au même moment Y. m'a rejointe. I. l'a vu, et l'expression de son visage a changé. La sœur d'I., sortie de la galerie, s'est avancée à notre rencontre. Nous nous sommes retrouvés tous les quatre face à face dans un silence tendu, que j'ai rempli par des phrases idiotes.

Le soir, à onze heures et quart, j'ai appelé I. pour m'excuser. Il n'était pas impératif de lui téléphoner mais déjà je ne pouvais plus résister. J'ai monté le volume de la musique. Je l'ai appelé en cachette de mon bureau dans le coin du salon, en espérant qu'Y., de la chambre, ne m'entendrait pas. I. m'a dit que ma nervosité avait mis la puce à l'oreille de sa sœur et qu'ensuite elle avait posé des questions. « Qu'est-ce que tu lui as dit? » j'ai demandé. « Que tu m'aimais bien », il a répondu de sa voix à l'accent étranger, ce nouvel accent dont la musique me trouble. J'ai souri. « Et qu'est-ce qu'elle a dit? — Que c'était un jeu dangereux », I. répond. Le récepteur collé contre mon oreille, je ne peux ni raccrocher ni ajouter un mot, figée par la vérité de ce mot qui réveille toutes mes peurs. « A dangerous game. »

Je l'ai appelé à une heure du matin, soupçonnant qu'il ne serait pas couché. Puis j'ai essayé tous les quarts d'heure jusqu'à ce que je tombe sur lui à trois heures. Il était surpris. J'ai ri et me suis excusée en invoquant mes tentatives de le joindre plus tôt, l'insomnie, le plaisir de l'avoir rencontré, la rareté des personnes qu'on peut appeler tard. Je ne lui ai pas dit que j'avais composé son numéro parce que je n'en pouvais plus de souffrir en pensant à Y. et que, cette nuit-là, la souffrance était si vive que j'en claquais des dents.

Il avait dix-huit ans, et moi presque vingt-six. C'était un joli garçon aux traits réguliers, aux yeux sombres et aux lèvres pulpeuses. Je l'avais rencontré dans une fête la semaine précédente. Sous le prétexte d'une histoire que j'avais écrite et qu'il avait envie de lire, il n'a pas été difficile de le convaincre de sauter dans un taxi et de traverser la ville. Chez moi, après un verre, il a réclamé l'histoire. J'ai répondu, en riant doucement, qu'on n'allait pas chez les filles à quatre heures du matin pour y lire des histoires. Je l'ai presque traîné dans ma chambre ; je l'ai déshabillé ; il bandait. À genoux sur le lit, je l'ai guidé en moi par-derrière. Pas une seule fois V. n'a posé ses mains sur moi ni ne m'a embrassée. Son sexe rentrait si facilement et s'emboîtait si parfaitement dans le mien qu'il semblait fait aux mesures de mon corps, comme celui d'Y. Nous avons joui ensemble.

Trois heures plus tard, au réveil, V. ne parlait que d'amour, de fidélité et de sa petite amie, Q., Q. pure, Q. qu'il aimait, Q. si jolie, Q. de seize ans, Q. qu'il avait promis d'aller chercher pour l'accompagner au lycée.

J'ai beaucoup hésité avant de téléphoner. D'habitude, je lui téléphone souvent, sans me poser de questions. Je brûle d'entendre sa voix. Penser à ses moqueries bourrues me remplit de bonheur. Demain je pars en vacances : pendant deux mois nous n'allons pas nous voir. Je tremble en composant le numéro. Je l'aime, je l'aime comme un père, comme un amant. Z. ne comprend pas pourquoi je lui téléphone puisque je n'ai rien de spécial à lui dire. Je me tais.

Mon silence l'agace. Elle le trouve si typique de moi, de ma mollesse romantique qu'elle a entrepris de tourner en dérision systématiquement pour me faire progresser. Je pleure près du téléphone, dans la chambre de mes parents, après avoir raccroché. Je n'ai pas réussi à lui dire que je l'aimais.

Pendant tout le mois de juillet, nuit et jour, et surtout la nuit dans mon petit lit sous les combles, je pense à Z., à son sourire enveloppant, à la chaleur de ses paumes, Z. de quatorze ans devenue mon amant. Je rêve à ses doigts qui défont un à un les boutons rouges de ma robe en toile, à ses mains sur mes seins. À travers la lucarne je regarde le ciel noir et la traînée laiteuse qui masque les étoiles et la lune. Une nuit je commence à lui écrire, et pendant les jours qui suivent je ne peux plus m'arrêter. Je lui dis tout, mon désir d'elle, mon amour, mes pensées incessantes, ma passion.

Un jour une lettre arrive pour moi. Je m'en empare en tremblant, j'ai tout de suite reconnu la grosse et ferme écriture de Z. Elle répond à ma lettre, je n'en espérais pas tant. Je déchire l'enveloppe. Sur le dos d'une carte postale reproduisant une petite église romane, Z. a tracé quelques lignes de ses boucles énergiques : « Moi je dors bien, je mange bien, je digère bien et je t'en souhaite autant. » Ce n'est pas mon premier chagrin d'amour — à six ans, puis à onze ans, quand j'ai été violemment amoureuse d'une fille de dix-sept ans pour qui j'ai dépensé tout mon argent de poche afin de lui offrir un petit ours en peluche — mais c'est le premier qui suit une passion charnelle, ancrée dans la mémoire du corps. Je pleure, beaucoup. Quand Z. et moi nous revoyons à la rentrée, nous ne faisons pas une seule allusion à ce qui s'est passé avant l'été. Assises côte à côte en classe pendant les trois années qui suivent, nous évitons précautionneusement tout contact, resserrant nos genoux et écartant nos épaules dès que le hasard les fait s'effleurer.

J'avais promis à O. d'oublier Y. Je lui avais demandé de m'accorder le temps nécessaire. Le week-end, après un film, une promenade ou une exposition, O. m'accompagnait jusqu'au métro. Il me regardait avec tant de souffrance et de désir que mon refus m'écorchait. « Pas déjà », je lui disais doucement.

C'était impossible. Il ne pouvait pas me toucher tant que j'avais l'autre dans la peau, l'autre que je n'aimais pas puisqu'il était sûr que j'aimais O., mais que j'appelais presque chaque nuit pour entendre sa voix, m'en repaître et lui dire : « Y., sache que je ne t'aime pas. »

Y. m'avait dit : « Cela te ferait du bien d'être seule. »

J'ai fait la connaissance de la jeune romancière française arrivée hier. Je lui ai téléphoné à son hôtel et je lui ai proposé d'aller à la piscine avec moi. Seule dans cette ville étrangère, elle était contente de rencontrer une lectrice. Elle n'avait pas pensé à apporter un maillot; elle a pu en acheter un jetable. C'est un maillot de papier à larges bandes bleues et blanches qui lui donne l'air d'Obélix, car, autrement très petite et fluette, elle est enceinte de six mois. « Votre premier bébé? » je demande. Elle rit. Son quatrième. Elle a un fils de dix-neuf ans, un autre de quinze, et puis, avec son compagnon d'aujourd'hui, elle a eu un petit garçon qui a maintenant dix-huit mois et qui est resté avec son papa. Elle attend un autre garçon. Elle est en train d'écrire un livre sur son enfance. Nous barbotons dans la piscine avant d'aller nous réchauffer dans le jacuzzi. Elle ne peut pas nager beaucoup, parce que le poids du ventre la fatigue. Je souris. Je ne peux rien imaginer de plus beau que d'être l'auteur d'un petit roman érotique et mère de trois garçons, et d'écrire maintenant un livre sur son enfance en attendant un quatrième garçon.

Hier soir je suis rentrée à la maison. Je suis arrivée tard, fatiguée, contente de retrouver Y. Il m'a ouvert la porte et nous nous sommes embrassés sur les joues. Aussitôt je suis devenue triste. Pendant qu'il me racontait sa semaine, j'ai feuilleté ma petite pile de courrier. Y. m'annonce que l'offre de travail s'est concrétisée : il pense sérieusement à l'accepter. Sa décision ne dépend plus que de moi. Puis-je envisager de vivre deux ou trois ans dans un pays si lointain, si sauvage et si distant de notre culture ? Je souris. C'est une nouvelle excitante. Découvrir, à l'autre bout du globe, une autre civilisation, une culture si différente de la nôtre, un pays en train de se construire après tant de bouleversements, cela ne me déplairait pas. Nous ne partirions pas là-bas pour toujours.

Quelques instants plus tard, je pleure. Je mets ces larmes sur le compte de la fatigue et de l'inquiétude liée à notre avenir incertain. « Il vaut mieux partir », dis-je, « que vivre comme nous vivons depuis quelques mois. »

Ce n'est pas seulement le chômage et le manque d'argent. Y. le sait. Il me regarde d'un air coupable.

Mais je pleure parce que je ne m'attendais pas à chercher une lettre d'I. dans le courrier à l'instant même de mon retour.

Une autre pensée me vient presque aussitôt : si nous partons pour ce pays lointain, ce sera juste avant Noël. Je n'irai pas dans ma ville natale. La possibilité de revoir I. me sera ôtée.

Il y a neuf ans, je ne me suis pas réveillée. Subitement consciente de l'éclat de la lumière, j'ai ouvert les yeux : onze heures. Je me suis levée pleurant, gémissant. À la SNCF, personne ne répondait; c'était dimanche. Sans prendre de café, j'ai couru jusqu'au métro. Gare de l'Est, je me suis précipitée au guichet. Le prochain train partait deux heures plus tard. Il n'y avait pas moyen de le prévenir. J'ai pleuré pendant les quatre heures du trajet. En descendant du train j'ai vu O., allongé sur un banc comme un clochard. Pendant cinq heures il n'avait pas bougé de ce quai de gare. Ses cheveux rasés dégageaient, ravagé par l'angoisse de l'attente, ce visage qu'à l'instant j'ai su ne plus aimer. C'était son premier jour de permission en deux mois. Il devait rentrer à la caserne à minuit. Nous nous sommes promenés parmi les stands d'une foire envahie par les militaires avec leurs dulcinées, avant de dîner dans une auberge à la sortie de la ville où il m'avait réservé une chambre. Il m'y a fait l'amour avant de s'échapper à minuit.

Au milieu d'une fête où il s'ennuyait car il n'y avait personne susceptible de l'intéresser hormis un très jeune homme qui s'est éclipsé tôt et qu'il a ensuite reconnu en petit enfant blond dans une photo de famille épinglée sur le mur, A. m'a dit : « Toi et moi avons un point commun, nous aimons la chair. »

J'ai longtemps attendu une lettre de K. Si je ne m'étais pas réveillée ce matin-là, c'était parce que j'étais tombée follement amoureuse de K., rencontré trois jours plus tôt en vacances. Je venais de passer trois jours avec K. Il était plus jeune que moi : un tout jeune homme grand et svelte de dix-huit ans à peine, avec de longs cheveux blonds. Le premier soir, nous avions bu un verre sur le port en parlant de ce pays où il venait de passer un an et où je m'apprêtais à partir pour un an. Le deuxième jour, nous étions allés ensemble à la plage, cette plage dont O. m'écrivait presque chaque jour combien elle lui manquait. Nous étions nus sans aucune gêne. Nos corps dans les vagues étaient beaux. Le soir, au night-club, K. dansait pour moi avec une grâce et un rythme qui m'émerveillaient. Sa beauté se réverbérait sur moi. Vers deux heures il était sorti pour passer un coup de fil. Une demi-heure plus tard j'étais sortie à mon tour. Je l'avais vu dans la cabine au bord de la plage. Son visage exprimait une vive contrariété.

Ce soir-là j'ai exercé sur K. le pouvoir des mots. J'avais vingt-trois ans. Mon expérience me rendait plus avisée. Je lui ai dit : « Tu as une histoire, douloureuse et compliquée. Moi, j'ai un petit ami que j'aime. Mais, vois-tu, nous ne sommes pas monogames. Ce désir que nous avons l'un pour l'autre — car il est évident que nous avons du désir — n'a rien à voir avec le reste de nos vies et ne doit pas interférer avec elles. C'est quelque chose de séparé et de beau, qui nous fera souffrir seulement si nous ne le réalisons pas. »

C'était un long discours pour parvenir à ce que je voulais. La résistance inattendue de K. m'avait forcée à le convaincre en mots. Il m'avait dit : « Je ne suis pas libre, il y a une personne à Paris qui me fait souffrir. »

J'ai tenu ce discours vers trois heures du

matin dans la voiture de ma mère garée sur le chemin devant la maison de ses parents. Il s'est rendu à mes raisonnements. J'ai conduit sur les petites routes jusqu'à un cap battu par les flots. Dans la nuit noire, on ne voyait ni la mer ni la lande, mais on pouvait les imaginer. Sur l'air de la Reine de la Nuit mis à plein volume, nous avons goûté les baisers les plus longs et les plus passionnés. À cinq heures nous sommes redescendus au village. K. connaissait une ruelle conduisant aux cuisines où le boulanger faisait cuire à cette heure ses premières fournées de croissants, brûlants et fondants.

Devant les stands de la foire, ou plus tard, dans la salle à manger de l'auberge, sans doute ai-je parlé à O. de ma rencontre de K.

Comme maman travaillait, nous avions toujours à la maison une employée pour faire le ménage, la cuisine et s'occuper de nous. Quand j'avais treize ans, elles se sont succédé : presque chaque jour en rentrant du lycée je découvrais une nouvelle tête et un nouveau nom. Beaucoup sont parties parce que l'exigence maniaque de mon père les terrorisait. Ma mère a fini par engager une jeune Portugaise ravissante aux longs cheveux auburn dans l'espoir que sa beauté amadouerait mon père. Elle est partie assez vite. Après son départ je suis montée à l'étage où je n'allais jamais, celui des chambres de bonnes. Mon père venait de faire refaire la chambre : il y avait une nouvelle moquette orange et des meubles modernes comme nous n'en avions pas à la maison, lit bas, table de nuit en plastique fumé, lampe de chevet en forme de globe et commode en formica blanc, qui me semblaient du meilleur goût et que j'enviais beaucoup. Je me suis allongée sur le couvre-lit en chenille orange et j'ai aperçu une bande dessinée qui traînait sur le plateau inférieur de la table de chevet. Je m'en suis emparée. Maman n'autorisait pas les bandes dessinées. La couverture de celle-ci était barrée d'une bande blanche portant des mots qui n'ont pas peu contribué à intensifier ma curiosité : BD adultes. Je l'ai lue avec ravissement et une passion égalant celle avec laquelle je dévorais à cet âge Balzac ou Dostoïevski. L'histoire finale racontait le martyre d'une innocente jeune fille kidnappée par des femmes qui la torturaient et la livraient à des hommes la violant et l'emmenant sur une plage où ils l'attachaient à un grand rocher, lacéraient son corps à coups de couteau et lui promettaient une souffrance insoutenable pour le moment où la mer monterait et où les eaux salées viendraient lécher et creuser ses dizaines de blessures. Je ne sais plus si la jeune fille était délivrée par un Persée moderne ou mourait sur son rocher, mais je vois encore le corps féminin en noir et blanc blessé et meurtri par les cordes, les bras étroitement liés par-derrière et l'expression d'horreur sur le visage de l'héroïne tandis que les premières vagues atteignaient ses pieds, et je me rappelle la sensation délicieuse, la chaleur dans mon ventre et mon corps palpitant, tout là-haut, bien cachée et protégée dans la petite chambre inoccupée où personne n'aurait eu l'idée de venir me chercher.

Le lendemain, il était devenu impossible de cesser une seconde de penser à K. Nous n'avions pas fait de plan. Il n'avait pas le téléphone. En début d'après-midi je suis allée chez lui. Il bruinait. Ses parents m'ont dit qu'il était sorti. « Où ? » j'ai demandé d'une voix que je me suis efforcée de rendre normale. Rendre visite à un ami dans un village voisin. Le masculin m'a rassurée. Je suis partie sous un crachin plus intense. Sur la route, j'ai vu une silhouette enveloppée dans un ciré blanc qui pédalait tête baissée. J'ai ouvert ma vitre. « K. ! » Il a levé la tête. Dans son visage mal protégé de la pluie, ses yeux clairs ont brillé gaiement. Il a attaché son vélo au bord de la route et il est monté dans ma voiture. Nous sommes allés sur les falaises au bord de l'océan, nous nous sommes assis sur des rochers trempés et K. m'a lu des poèmes du recueil qu'il était allé chercher chez son ami à cette intention. Je nous trouvais drôles, à lire des poèmes sous la pluie au bord de l'océan. Il n'était pas possible d'être plus heureux. Nous sommes descendus nous baigner. Par ce temps, la mer semblait beaucoup plus chaude.

Nos baisers duraient des heures mais nous n'avons pas fait l'amour. Nous l'avions tenté, la veille, dans la petite voiture de ma mère ; la position était trop inconfortable. J'étais sortie de la voiture, je m'étais agenouillée dans l'herbe et je l'avais pris dans ma bouche — craignant qu'il ne me jugeât bien incompétente après mes promesses de plaisir et mes paroles de femme libérée, et que ne se répétât le désagréable incident subi trois ans plus tôt avec A., quand le pouvoir des mots s'était heurté à la clôture de mes lèvres. Je ne croyais pas si bien penser : un an plus tard, alors que mon amour coup de foudre pour K. s'était émoussé, j'ai appris ce que K. était persuadé que je savais de tout temps : il était homosexuel.

Il y a neuf ans, à peine débarquée sur le nouveau continent, j'ai rencontré un blond Canadien au sourire éclatant, un brun Colombien à la voix chaleureuse, C., répondant au même

prénom que K. dans sa langue, un Indien poly-
glotte aux magnifiques yeux dorés, et un Danois
avec qui, le huitième soir, j'ai fait l'amour. À
peine croisais-je dans un couloir le Canadien, le
Colombien ou l'Indien que je frémissais de plaisir. J'ignorais que, le jour de son arrivée,
l'Indien avait suivi le Colombien dans sa
chambre et que, deux jours plus tard, le Colombien avait quitté l'Indien pour le Canadien qui
ne cédait pas encore à ses avances et dont il était
amoureux.

Dans ma boîte aux lettres il n'y avait jamais de
lettre de K. Deux ou trois fois par semaine j'y
trouvais une lettre d'O., cinq ou six feuillets de
papier bible couverts des deux côtés de sa fine
écriture, qui me rappelaient qu'en ce monde je
n'étais pas seule.

J'avais rencontré le Danois le septième soir,
lors de la fête d'accueil. Nos corps en dansant
s'étaient accordés. Il n'avait pas beaucoup de
grâce mais un sens du rythme, une lourdeur qui
m'avaient plu, des fossettes de petit garçon et de
solides dents blanches. Quand la musique s'était
arrêtée à deux heures, nos bouches étaient fon-
dues l'une dans l'autre. Il sentait la bière. J'aimais
son sourire d'enfant, son corps trapu, ses poils

blonds. Il voulait m'entraîner dans sa chambre. « J'ai envie de faire l'amour avec toi », j'avais dit, « mais nous venons d'arriver et nous allons nous revoir tous les jours, puisque nous habitons le même lieu ; ne crois-tu pas qu'il vaut mieux ne pas nous compliquer la vie ? » Malgré l'ivresse et le désir, T. s'était rendu à ma raison. Je m'étais sentie très adulte. Le lendemain je l'avais croisé dans la salle à manger, aussi distant que si nos lèvres ne s'étaient jamais touchées. Le soir même je frappais à la porte de sa chambre. Il était agréablement surpris de ma visite. Il venait de s'acheter une chaîne stéréo et me fit une démonstration de ses perfections techniques. Encore plus surpris quand il comprit ma demande, il me répéta mes raisons de la veille. Agenouillée sur le plancher, j'ouvris son jean d'une main experte tandis qu'il se défendait sans grande conviction. Je le suçai. Se levant d'un coup, il me souleva de terre et m'emporta sur son lit.

J'ai six ans. Je viens d'entrer à la grande école et j'y tombe amoureuse de P., une grande de la classe de ma sœur. Dans la cour de récréation, quelqu'un organise un jeu de chat et de souris qui, pour la première fois, mêle les petites et les grandes. Je cours, tremblant de peur et de désir que P. me coure après, que je devienne sa proie, qu'elle me traîne jusqu'au mur du préau, qu'elle me maintienne solidement et me chatouille. Le miracle se produit : P. m'a choisie et me court après. Je cours de toute la vitesse de mes jambes, la peur me grise, je file entre les marronniers plantés sur le béton et je sens qu'elle se rapproche. Je tombe entre ses mains. Elle me tire jusqu'au préau et me coince contre le mur. Elle me chatouille, je me tords de rire, c'est insupportable, je hurle. P. redouble d'ardeur. Je la supplie d'arrêter en espérant qu'elle n'arrêtera jamais. Ce plaisir intense, je le paie quelques jours plus tard quand ma sœur, P. et moi allons voir *Bambi* au cinéma de notre quartier. Au moment où retentit le coup de fusil et où Bambi appelle sa mère qui vient de tomber, tuée par les chasseurs, je voudrais éclater en sanglots, mais la présence de P. à mes côtés m'interdit une réaction si enfantine. Les larmes restent bloquées dans ma poitrine tout au long du film, je peux à peine respirer, ça fait terriblement mal.

J'ai souvent frappé à la porte de sa chambre, la nuit. Je lui posais parfois des questions auxquelles il donnait des réponses succinctes. Nous n'avions aucun intérêt commun. De ce que T. m'a dit, je me rappelle une chose : que les filles de son pays ne portent plus de soutiens-gorge parce qu'ils compriment les seins. Il écoutait de la musique rock. C'est toujours moi qui allais le trouver. Plusieurs fois il a fallu le convaincre. C'était désagréable. Je me suis heurtée à un refus au retour des vacances de Noël passées avec O. Il a dit qu'il valait mieux ne plus faire l'amour. Comme je demandais pourquoi, il a répondu qu'il sentait que j'avais envie d'une relation sérieuse et qu'il n'était pas prêt. Je l'ai cru fou de penser que je cherchais quelqu'un quand il y avait O. dans ma vie et que je souhaitais qu'il fût mon boyfriend, lui à qui je n'avais rien à dire. J'ai été triste de son refus de me faire à nouveau l'amour.

Je me masturbe sur le lit de ma chambre. J'ai fermé à clef la porte de ma chambre. Soudain j'entends un petit coup à la vitre et je vois une ombre derrière la porte vitrée qui donne sur le jardin. Mon cœur s'arrête de battre. C'est mon père. Il m'a vue, la croupe en l'air, piquée de mes pinceaux et le troisième manié par ma main. Je ne pourrai plus jamais le regarder en face. Je me lève, étourdie, et me précipite vers la salle de bains pour m'asperger d'eau froide. L'espoir renaît sous forme d'un doute. Le voilage était tiré, la chambre dans le contre-jour. S'il avait vu, aurait-il cogné à la vitre? Il voulait sans doute seulement me signaler qu'il arrosait les rosiers de l'autre côté de ma porte vitrée. Je vais dans le jardinet où mon père se tient penché par-dessus ses plates-bandes, un arrosoir à la main. Je prends l'air souffrant. « J'ai un mal de tête terrible », je dis, « j'ai été obligée de me coucher et j'ai essayé toutes les positions mais rien n'y fait. » Mon père lève la tête. « Qu'est-ce que tu trafiquais dans ta chambre ? » Je deviens écarlate, et mon cœur cogne dans ma poitrine. « Qu'est-ce que tu veux dire ? Rien, j'avais seulement mal à la tête. » Mon père hausse les épaules, l'air peu convaincu. « F. est parti ? — F. ? mais il n'est pas là. — Tu me prends pour un imbécile ? Je vous ai vus tous les deux sur ton lit, je ne suis pas bigleux, pas encore. Écoute, ça ne me regarde pas, mais j'espère que tu es assez grande pour savoir ce que tu fais et que tu ne vas pas te retrouver avec un polichinelle dans le tiroir. » Les expressions de stupéfaction les moins jouées peuvent sans doute avoir l'air de masques de théâtre, puisque la mienne ne semble que renforcer la vraisemblance des soupçons de mon père. « Mais je te jure, il n'était pas là. » Il ne répond pas, et je n'insiste pas. Je suis très gênée d'avoir entendu mon père faire si crûment allusion à ma sexualité. Je trouve insupportable qu'il puisse m'imaginer en train de faire l'amour, moi qui suis vierge. Sa vulgarité me dégoûte. Mais je suis soulagée qu'il ait pris ma négation pour un déni. Il est moins

humiliant de penser qu'il a cru me surprendre
avec F.

Quand j'ai revu la tête rase d'O. après quatre
mois de séparation pendant lesquels j'avais
attendu une lettre de K. et fait l'amour avec T.,
j'ai su que je ne l'aimais plus. Il était parvenu
à obtenir une exceptionnelle autorisation de
sortie du territoire et à rassembler toutes ses
permissions pour voyager quinze jours avec
moi. Dans ce pays du Sud où des foules dan-
saient la nuit dans les rues, nous n'avons pas
fait l'amour une seule fois. La nuit de nos re-
trouvailles à l'hôtel de l'aéroport a été désespé-
rante de solitude. Nous avons dormi, ou plutôt
veillé, chacun de notre côté du lit. Je ne voulais
pas qu'il me touche. À la fin des vacances, j'ai
fait promettre à O. de ne jamais m'abandonner. Au retour, j'ai interrogé le Colombien C.,
devenu mon ami depuis qu'il sortait avec le
Canadien. Avec la maturité de ses vingt-neuf
ans, C. m'a dit que le désir n'était qu'un symp-
tôme. Il ne fallait pas prendre ce signe à la
lettre mais comprendre son sens. Que je ne
désire plus O. momentanément ne voulait pas
dire que j'avais cessé de l'aimer. O. et moi
étions ensemble depuis presque cinq ans ; nous
nous étions déjà séparés, et retrouvés. À
m'entendre parler d'O., il semblait à C. que

mon amour pour O. était un amour vrai, solide et éternel.

Hier soir, au lit, j'ai demandé à Y. : « Pourquoi est-ce que tu ne m'approches plus ? Qu'est-ce que j'ai fait ? Tu n'as plus envie de moi ? Plus jamais ? » Y. a répondu, un pli crispé sur les lèvres : « Il faut toujours que tu dramatises. Ce n'est pas "plus jamais", mais en ce moment. Depuis quelque temps tu es hostile, ça ne donne pas envie de t'approcher. »

J'ai laissé les paroles rentrer en moi. Comme d'habitude Y. ne s'y trompe pas. Je vois Y. et le voir ne m'inspire aucun désir. J'aurais envie qu'il me mette la main au cul et qu'il me prenne. Mais c'est à I. que je pense, depuis un mois que je l'ai rencontré.

J'ai dit : « Si on se faisait un câlin ? » Y. a accepté. Nous nous sommes collés l'un contre l'autre, nous avons posé nos lèvres l'une sur l'autre et nous n'avons plus bougé. Nous sommes restés longtemps immobiles. Je me suis demandé si nous allions nous endormir ainsi. C'était triste. Nos mains ont fini par se mouvoir et nos corps se sont lentement éveillés. J'avais terriblement envie de lui. Il s'est mis entre mes cuisses et il a débandé. Plus il poussait contre moi en de vains efforts, plus j'étais triste. C'est la vieille question de la poule et de l'œuf. Ma tristesse est la poule. Y. s'est arrêté et m'a demandé avec une expression boudeuse de frustration enfantine : « Qu'est-ce qu'on pourrait te faire ? »

J'ai eu faim d'hommes. L'année précédente, j'avais fait part à O. de mon sentiment d'être déjà vieille et de ma peur de ne plus rencontrer personne ; j'avais vingt-deux ans. O. m'avait rassurée : il existait en ce monde des milliers d'hommes disponibles et brûlant de me connaître. Après mes trois coups de foudre successifs, alors que je pensais encore à K. et que je faisais l'amour au Danois, il y a eu l'Australien.

C'était un Australien massif, très grand, avec un gros visage fade qui m'évoquait un cochon. Aux repas, il cherchait souvent à s'asseoir à ma table. Il ne me plaisait pas. En sortant pour aller à la bibliothèque, je l'ai rencontré sous les arches de l'entrée. Nous avons bavardé. Il parlait couramment l'italien, une qualité qui réhabilitait à mes yeux sa laideur. Nos échanges dans cette langue nous ont vite conduits à évoquer le manque d'érotisme propre au pays où nous nous trouvions et ont produit entre nous une ambiguïté intéressante. Il m'a suivie dans ma chambre pour y boire le café. Je me suis laissé embrasser sans donner mes lèvres. Au lit, la bonne volonté a pris le pas sur l'absence de désir. La première fois je n'ai rien senti. La deuxième fois j'ai joui et la troisième aussi. Quand on s'est rhabillés je lui ai dit : « Que ce que nous avons fait n'apparaisse jamais ni dans un regard ni dans un sourire. Tu m'as compris ? »

Nous n'avons pas renouvelé l'expérience. Il me dégoûtait.

Une nuit de février il y a huit ans et demi, j'ai dit à mon ami indien homosexuel : « Ce soir je veux un homme. » Les uns après les autres, les gens partaient, la salle se vidait, je dansais toujours seule ; aucun candidat ne se présentait. Enfin quelqu'un s'est mis à danser face à moi, un joli garçon pas plus grand que moi, avec un visage rond aux traits fins. Il était chinois. Il ne m'attirait guère mais il était mignon et bien habillé, d'une belle chemise de coton blanc et d'un jean de bonne coupe. Je suis sensible aux vêtements des hommes. Je l'ai suivi jusqu'à son studio. Il m'a montré ses sculptures et m'a offert de la marijuana. J'attendais, surprise par ses manières qui ne ressemblaient pas à celles des autres hommes.

G. est devenu mon amant. Du moins nous nous sommes retrouvés nus dans son lit ou dans le mien et il s'est retrouvé entre mes cuisses. Je sentais vaguement quelque chose là-bas, suffisamment pour que mon désir s'éveille, puis rien. Le très petit zizi de G. pendouillait recroquevillé au bas de son ventre. Il ne voulait pas que je le touche, se fâchant même sérieusement le jour où j'ai passé outre : ce n'était pas un jouet. Je n'osais rien dire, craignant de le vexer, car son sexe était vraiment minuscule. Je me disais que je n'avais pas de chance d'être tombée sur un impuissant.

J'étais toujours dans la terreur de me faire surprendre. Pourtant je préférais le salon ou la salle à manger à ma chambre : c'étaient des lieux moins familiers où je pouvais plus facilement rêver viol et tortures. Le soir après les cours, ou le samedi matin quand ma mère était au marché, ma sœur chez les scouts, mon père au bois avec mes petits frères, et que j'avais obtenu l'autorisation de ne pas prendre l'air à cause d'une rédaction difficile, je lisais une page de *La Nouvelle Justine ou les Malheurs de la vertu*, toujours la même, racontant un épisode au cours duquel Justine se fait violer de tous les côtés par les moines, et puis je m'attachais avec des écharpes de soie prises dans les tiroirs de maman. Je liais mes chevilles aux pieds de derrière de la chaise en écartant mes cuisses au maximum. La clef tourne dans la serrure.

Dans la panique, j'arrache mes liens, n'hésitant pas à les déchirer si le nœud ne se défait pas. Je rabats ma jupe. Maman referme la porte derrière elle. Il suffit qu'elle sente dans l'air un atome d'anormalité dégagé par ma nervosité pour qu'elle entre dans la pièce dont la porte est restée ouverte : « Qu'est-ce que tu fais ? — Rien ; des maths, comprends rien », je réponds sans la regarder, penchée sur mes cahiers. « Ah », dit maman qui, se satisfaisant de cette réponse et de ma voix maussade, ne flaire plus la particule d'étrangeté qui avait éveillé sa curiosité ; « ça oui, les maths, ce n'est pas facile ; demande à ta sœur de t'aider ». Elle quitte la salle à manger. J'ai les joues roses, le cœur qui bat, mais je suis sauve, elle ne s'est rendu compte de rien.

Mes questions indiscrètes ont fini par me renseigner. G. n'était pas impuissant : il jouissait très vite à peine entré en moi. En Chine on ne parle pas de ces choses-là. En Chine on ne se préoccupe pas du plaisir des femmes. Il ne venait même pas à l'idée de G. que j'aurais pu ne pas être satisfaite. En Chine tout geste physique est banni. G. avait une fiancée. Un an plus tôt, quand il était rentré chez lui pour les vacances, sa fiancée était venue l'attendre à l'aéroport et il l'avait enlacée. Elle s'était sérieusement fâchée.

G. m'aimait beaucoup. Il était en train de tomber amoureux de moi. Il me préparait des plats comme on les fait à la maison en Chine. Il m'emmenait voir des films de Kung Fu et me faisait fumer sa marijuana, forte et pure, sans laquelle il ne pouvait pas vivre. Un soir j'en ai fumé une pipe entière et j'ai perdu conscience. G. m'a aimée plus que d'habitude. Il m'a prise par-derrière, passive et abandonnée. Je ne parvenais plus à bouger mon corps et n'avais aucune sensation, mais je me suis rendu compte qu'il déplaçait mes membres pour leur faire prendre l'écartement qu'il jugeait préférable. Ensuite, quand j'ai repris connaissance et que j'ai commencé à halluciner, pendant des heures G. m'a parlé pour m'empêcher de sombrer dans la panique qui me faisait voir le matelas par terre comme un trou noir où il voulait que je plonge depuis un balcon au vingt-cinquième étage. Je devenais sa chose. Pas une seule fois je n'ai joui avec lui. Cette histoire commençait à me sembler absurde. Un samedi vers minuit, comme j'attendais avec une inquiétude proche de l'amour un coup de fil de G. qui ne venait pas, je me suis décidée à appeler quelqu'un d'autre, qui est devenu cette nuit-là mon quatrième amant du nouveau continent.

P. me demande ce que le Père Noël va m'apporter. Je souris. « Il n'y a pas de Père Noël. » P. insiste : « Mais si. Tu ne l'as jamais vu descendre par la cheminée ? » Je la regarde avec étonnement. « J'ai six ans. — Alors vraiment tu ne crois plus au Père Noël ? Depuis quand ? » C'est la première fois que P. me prête tant d'attention. Je serais au comble de la joie, si je ne sentais un malaise, qui n'est autre que le soupçon terrible du malentendu amoureux.

J'ai osé répondre : « Peux-tu me masturber avec la chose en plastique ? » La chose en plastique est un godemiché qu'Y. et moi avons acheté ensemble dans un sex-shop il y a six ans, après que je lui avais confié n'avoir jamais osé pénétrer, seule ou avec O., dans une de ces boutiques à l'entrée voilée par un rideau noir ; ma pusillanimité avait fait rire Y. qui ne connaissait pas ce genre de tabou. Je suis allée le chercher. Y. l'a pris avec gêne. Ma demande n'était pas des plus élégantes. Le caoutchouc puait. Y. l'a introduit entre mes cuisses. Le gros bout a écarté mes lèvres. À ce moment-là j'ai su que j'avais raison. C'était cela que je voulais, et rien d'autre : quelque chose de dur, en moi, rentré par Y. Dans ma main, d'un seul coup, le sexe d'Y. s'est raidi. Il est devenu grand et dur comme il ne l'avait pas été depuis longtemps. Y. a ôté le godemiché, s'est mis entre mes cuisses et est rentré d'une seule poussée. Je l'ai senti profondément en moi, dur, inattendu. Lui, son sexe vivant, en moi. J'ai explosé de plaisir après quelques secondes ; il a accéléré le rythme pour me rejoindre. Après, j'ai éclaté en sanglots. « C'est tellement bon », j'ai dit, « de te sentir en moi. »

U. est surpris de mon appel. Je ne suis pas moins surprise de le trouver chez lui, un samedi à minuit. Je le connais à peine. Je l'ai vu à quelques fêtes sans lui parler. Je l'ai récemment croisé devant le gymnase et il m'a suggéré de l'appeler pour boire un verre. Le bout de papier avec son numéro est toujours dans la poche de mon sweat-shirt.

U. est noir métissé, très grand et pas très beau avec son front dégarni et ses yeux globuleux. Il a beaucoup de charme. De toute façon son apparence physique n'a guère d'importance. Je lui ai téléphoné pour ne plus attendre le coup de fil de G. Il n'y a pas beaucoup de gens qu'on puisse appeler le samedi à minuit et avec qui s'installe dès le premier mot une ambiguïté intéressante. Au bar, pendant un silence, U. dit que mon regard le rend nerveux.

En sortant du bar, je l'accompagne jusque chez lui en poussant ma bicyclette. Il m'aurait bien proposé de boire un verre mais il n'a que du lait. Justement, j'adore le lait. J'attache mon vélo et monte l'escalier derrière lui. Il me demande de laisser mes chaussures sur le palier. La blancheur et la propreté de son appartement me frappent. Aux murs, rien d'autre que quelques photos d'U. en travesti. Aucun meuble sinon le futon. Nous nous asseyons par terre. Nous faisons l'amour sur la moquette sable. Il a un long corps entièrement lisse, avec des gestes lents et sûrs, des épaules et des fesses rondes, une douceur, des mouvements érotiques, et un long sexe qui sait trouver l'entrée du mien sans que je le guide. C'est une jouissance d'une merveilleuse douceur. Je presse contre moi son corps chaud qui recouvre entièrement le mien. Ensuite il ouvre son futon et sort du placard les oreillers, les draps et la couverture soigneusement pliés. Il n'attendait aucun visiteur, mais il refait ainsi son lit chaque matin. Je dors dans la chaleur de son long corps. Le matin, je me réveille émerveillée d'être là et nous refaisons l'amour. Je ne suis plus amoureuse de G. Je ne sais pas encore que je le suis d'U. Le lendemain je croise U. dans un restaurant universitaire. Il est entouré de trois filles. Il me dit bonjour, sans un regard qui rappelle ce qui s'est passé. J'ai une envie de lui terrible.

J'ai découvert le trou de derrière quand j'avais quatorze ans. La scène a lieu dans le pavillon tout neuf où nous venons d'emménager. Depuis un an, je me masturbe beaucoup. Il me faut des rituels délicats qui me permettent d'oublier ma présence. Le contact de mes propres doigts ne me procure aucune sensation et même bloque mon imagination. J'ai besoin d'un intermédiaire me donnant l'illusion d'une présence sensuelle, douce et raffinée. Je le trouve : le pinceau. Treize ans, quatorze ans, c'est un âge auquel je peins beaucoup. Entre tous mes pinceaux, l'un devient le favori : sa touffe dense de poils qui s'achève par une pointe fine chatouille avec délicatesse les milli-mètres de peau très sensible à l'ouverture de mes lèvres. Je m'avise que le pinceau peut servir à autre chose : on peut enfoncer son fin manche dans le trou de derrière. J'ai découvert bien avant le trou de devant ; le premier objet que j'y ai glissé était un manche de brosse à dents. À quatre pattes sur la moquette de ma chambre, une brosse à dents par-devant et un pinceau par-derrière, je me vois, le cul en l'air et rond comme une pelote de laine piquée de deux longues épingles à tricoter. Un homme abuse de moi, se moque, me torture. Inflexible, il me laissera des heures dans cette position. De temps à autre il enverra ses sbires me tricoter. Ma jouissance est explosive et longue comme une vague géante se déroulant à toute allure sur le sable plat; elle secoue mon corps de soubresauts nerveux. Les vibrations de devant s'intensifient de ces sensations nouvelles, les vibrations de derrière. Les muscles de mon sphincter et de mon vagin se resserrent autour des longs corps intrus auxquels ils adhèrent comme des ventouses.

U. est le don Juan de la petite ville. Il couche indifféremment avec filles ou garçons. Il a un succès fou. Il ne s'engage avec personne. Un matin, alors que je marche nue sur sa moquette crème après la douche, il me dit : « Girl, you should be careful. » C'est ce qu'il m'a dit de plus gentil. Je suis touchée par son souci de ma santé et par cette apostrophe honnie des féministes, si tendre entre ses lèvres. M'émeut aussi l'allusion à ce que lui et moi faisons ensemble, au danger potentiel de cette activité. U. et moi n'avons jamais utilisé de capotes. U. se fout de mourir demain.

Sagittaire, ascendant taureau. Attachée à la terre. Deux fois sous le signe de Vénus. Sensuelle. J'écoute, je hoche la tête, je rougis, je souris. Qu'y puis-je si c'est mon destin.

J'ai été passionnément amoureuse d'U. et j'ai beaucoup souffert. Il ne m'a jamais téléphoné. Il ne m'a pas rejetée non plus les quelques fois où je suis descendue chez lui à vélo en pleine nuit après lui avoir passé un coup de fil, du moins jusqu'à ce que je souffre trop. U. n'y pouvait rien. Je m'étais donnée à lui ou plutôt je l'avais pris pour me distraire d'un amant chinois. Je le lui avais dit. U., je le savais, était un homme sur qui on ne pouvait pas compter. Il ne répondait pas aux questions. Quand il avait vingt ans, sa petite amie s'était suicidée et il avait passé huit mois dans un hôpital psychiatrique. J'ai cru que j'aimais U. avec une telle passion précisément parce qu'il m'échappait. Longtemps je me suis crue divisée : mon désir fou d'un côté pour des hommes à qui je n'avais rien à dire, et de l'autre mon amour pour O. J'avais réussi à en convaincre O. et à lui faire accepter mes infidélités comme la marque d'un désir pervers dont j'étais la victime autant que lui. Pendant les mois où j'ai tant pleuré à cause de mon stupide amour pour U., c'est O. qui m'a consolée par lettre et par téléphone.

Par Y. j'ai compris l'erreur où j'avais vécu.

La première fois c'était avec E. J'étais devenue l'amie d'O. cinq mois plus tôt. Mon amie M., rencontrée l'été précédent au cours d'un voyage, m'avait invitée à passer l'été sous le soleil de son île. Elle est venue me chercher à l'aéroport avec E., son ancien petit ami. Il m'a gracieusement souri et tendu une fleur jaune. Je ne parlais pas sa langue, il ne parlait pas la mienne. Chez E. tout était gracieux : ses gestes, sa voix, sa haute taille svelte, ses pieds fins moulés par d'élégantes chaussures en cuir d'agneau vert, le regard de ses longs yeux verts, ses mèches brunes, son sourire malicieusement séducteur. Je n'avais jamais vu d'homme aussi beau.

E. nous a invitées à un concert de jazz. M., fatiguée, m'a demandé si cela me dérangeait d'y aller seule. À l'entracte, tandis qu'E. saluait des amis, je suis montée sur un gradin de l'amphithéâtre romain et je l'ai suivi du regard. Il parlait avec une femme au sourire éclatant, qui l'avait interpellé et familièrement embrassé. À la fin de l'entracte il est revenu vers moi. Juchée sur le gradin j'étais plus grande que lui. Il a posé ses mains sur mes hanches. Je me suis penchée. Il m'a donné le bout de sa langue. Après le concert nous sommes allés sur la plage. Je suis rentrée chez M. à trois heures du matin.

Le lendemain E. ne s'est pas manifesté, ni le surlendemain, ni le jour suivant. Je lisais dans la cuisine, quatre jours plus tard, quand j'ai reconnu sa voix dans l'entrée. Il ne m'a pas appelée. Il est allé dans la chambre de M. Une heure plus tard il est entré dans la cuisine. « Buongiorno », il a dit gaiement. Je n'ai pas répondu. J'ai gardé les yeux fixés sur mon livre. Il s'est approché, il a posé sa main sur mon poignet. Je me suis dégagée brutalement, avec un regard noir. Il a ri. J'avais dix-neuf ans et lui vingt-cinq. Il a dit : « Sai, c'è qualcosa tra noi. » Il y a quelque chose entre nous. La douceur de ses mots, et de sa voix, m'a pénétrée. Il a continué : « Nous avons le choix, réaliser ce quelque chose ou ne pas le réaliser. Qu'est-ce que tu préfères ? » Mon cœur a bondi, j'ai répondu dans un souffle, les yeux brillants comme l'herbe après la pluie : « Realizzarlo. » On est sortis main dans la main. Il m'a embarquée dans la petite Fiat qui appartenait à son père policier et m'a emmenée dans un studio sur les hauts de la vieille ville, qu'une de ses amies en vacances, un'amante il m'a dit avec son gracieux sourire, lui avait prêté. E. m'a beaucoup appris : le pouvoir des mots, l'italien, et le plaisir. C'est avec lui que j'ai eu mon premier orgasme en faisant l'amour. Il m'a dit que le plaisir, pour une femme, n'était pas donné : il fallait le chercher, essayer des mouvements, trouver le rythme de son corps. Piacere, orgasmo, corpo, vagina, punto G., sotto, sopra, je n'avais jamais prononcé ces mots en français avec O. Dans une lettre à O. j'ai évoqué cette rencontre. Dans la lettre suivante que j'ai reçue de lui, O. disait que mes mots avaient transpercé son cœur de mille aiguilles très fines : dès les premières phrases il avait poussé un tel cri que sa mère avait cru que quelque chose de terrible m'était arrivé. En lisant la lettre d'O., je pleure. Il n'a pas compris : E. ne met pas en danger notre amour. Quand j'ai retrouvé O. le mois suivant, il m'a fallu beaucoup de phrases pour l'en convaincre. Nous avons mis en pratique les leçons d'E., et c'est ainsi que je suis enfin parvenue à jouir avec O., doté d'un membre énorme. L'été suivant, comme je montrais à E., dont le sexe était long et fin comme une anguille, un cliché Polaroïd mettant en valeur le sexe d'O. endormi au moment de l'érection matutinale, il a éclaté de rire et s'est exclamé : « Ma no, è impossibile ! »

J'ai appelé Y. pour lui dire que j'étais libre, et que, neuf mois après l'avoir rencontré, je venais enfin de comprendre que je l'aimais. Nous ne nous étions pas vus depuis cinq mois. Il m'a annoncé sa venue.

La veille de son arrivée, comme je marchais dans la petite ville de province vers la gare où j'allais reprendre mon train, je l'ai soudain vu devant moi. Cela s'appelle une épiphanie. J'ai vu son visage, ses yeux, ses cils, ses cheveux, son nez, son sourire, ses lèvres, ses épaules, ses jambes, son corps, aussi physiques que si j'avais pu, en avançant la main, sentir sa peau sous mes doigts. Il arrivait demain. Deux jours plus tard il serait là, en présence réelle, dans la même rue de cette petite ville de province où il m'accompagnerait à coup sûr et où, pour sa venue, je venais de réserver un hôtel trois étoiles. J'ai eu un éblouissement de bonheur. Un long frisson m'a parcourue. Ma joie débordait; j'en ai gémi, serrant les dents et mordant mes lèvres pour ne pas crier.

Y. n'est pas venu. Je l'ai attendu, sans bouger de chez moi, le jour prévu de son arrivée; puis le lendemain, puis le lendemain du lendemain, puis tous les lendemains qui ont suivi. Il n'a pas donné signe de vie. Chez lui, seule répondait la machine sur laquelle j'ai laissé des messages inquiets, affolés, désespérés, suppliants, enragés, puis humbles et compatissants. Je finissais par lui dire que je le comprenais : je lui avais fait peur. Il croyait peut-être que je disais l'aimer parce que O. m'avait quittée, pour ne pas être seule. Je lui demandais pardon. Je le priais de me téléphoner une seule fois, de ne pas me laisser dans ce silence, de ne pas finir ainsi.

Il n'a pas appelé. J'ai cru qu'il avait eu un accident, qu'il était mort, mais au fond de moi je savais que non. Mes parents, mes amis m'ont conseillé d'oublier cet homme-là.

D'Y. j'ai appris que les hommes n'étaient ni des biens de consommation ni des remparts contre la peur.

J'ôte délicatement mes deux pinceaux et me précipite aux cabinets — pourquoi me précipité-je ? Ai-je envie de faire pipi, ou ai-je subitement mal ? Ce que je fais dans la cuvette des cabinets me terrifie : un flot de sang sort de moi, un sang rouge et frais dont l'abondance évoque l'hémorragie. Ce ne sont pas mes règles : quand j'ai quatorze ans, elles sont encore peu abondantes — petites taches de sang sombre sur de minces serviettes blanches — et ce n'est pas le moment de mes règles. Je pense aussitôt à l'hymen : j'ai pu le déchirer avec la brosse à dents. Mais ce n'est pas la première fois que je l'enfonce; de plus, le sang ne sort pas de devant, mais de derrière : du cul que je viens de violer pour la première fois avec le pinceau. Le cul n'a pas d'hymen. Cette hémorragie ne peut être un phénomène naturel comme le sang de la défloration. Dans la jouissance, j'ai dû perforer ou casser quelque chose à l'intérieur de mon corps. Le sang remplit la cuvette des cabinets. J'ai fermé la porte à clef. Mon cœur bat à se rompre; heureusement, du couloir on ne peut pas l'entendre. La vue du sang me donne la nausée, la peur l'envie de m'évanouir. Il est possible que je meure. J'ai la terreur de mourir sans pouvoir expliquer pourquoi. À qui pourrais-je dire que je me suis perforé un organe en me rentrant un manche de pinceau dans le trou du cul?

Un coup de pied au fond et je remonte. Quand O. m'a quittée une première fois, il y a dix ans, dans les moments d'accalmie après des heures passées à pleurer me prenait parfois l'envie d'écouter un tube italien et de danser devant le miroir.

Un vendredi soir, fatiguée, l'on se demande si l'on a eu raison de se rendre à cette réception où l'on est contente toutefois d'avoir été invitée car cela prouve qu'on commence à avoir une vraie vie mondaine dans cette ville étrangère. On ne cherche rien, on n'attend rien. L'endroit est beau, la nourriture est bonne. On complimente l'hôtesse et on lui demande quelle est cette langue qu'elle parle avec ce jeune homme qui se trouve être son frère. Et voilà que, dans une zone vaseuse à l'intérieur de soi, amollie par le vin, la qualité des mets, la musique agréable, la chaleur, le confort, un bien-être général et inattendu, le sourire du jeune homme laisse une impression.

Il y a dix ans, brisée par la rupture avec O., je m'étais réfugiée chez M. Elle devait se rendre à un colloque sur le continent. Ne voulant pas me laisser seule, elle m'a confiée à S., son nouvel ami, qui habitait une toute petite maison blanche dans un tout petit village sur la pointe sud de l'île. S., petit et frisé avec un gros nez, n'avait pas la grâce d'E. mais une gaieté irrésistible. Il parvenait à me faire sourire.

Nous étions devant la télévision. Je venais de relire *Hiroshima mon amour*. Je pleurais. Il faisait froid. Il n'y avait pas d'autre chauffage qu'un petit radiateur électrique. La maisonnette aux murs en crépi et au sol carrelé n'était pas équipée pour quelques jours d'hiver rigoureux. S., désolé de me voir pleurer, m'a dit de venir m'allonger sur la banquette près de lui.

Nos corps serrés l'un contre l'autre sous la couverture en laine se communiquaient leur chaleur. Il a passé son bras autour de mes épaules. Tout en regardant le film, il a bientôt caressé mon sein droit en glissant sa main sous mon bras, puis ma hanche, puis ma cuisse. Il s'est allongé sur moi et m'a fait l'amour. Je n'ai pas eu de plaisir.

Le lendemain il était gentil, pas différent de la veille, encore plus gai peut-être parce que celle qu'il appelait tendrement la ragazza devait rentrer ce soir-là ou le lendemain, selon qu'elle passerait la nuit de son retour chez elle ou ferait le trajet le soir même jusqu'au petit village. Il n'avait pas le téléphone : elle ne pouvait pas l'avertir. Il l'attendait avec une impatience extrême. « Non dire alla ragazza cosa a successo, non dire niente », il m'a enjoint en roulant les r avec son accent du Nord. Je lui ai dit de n'avoir aucune inquiétude : de toute façon rien ne s'était passé; la preuve en était qu'il n'y avait aucune ambiguïté entre nous. S. s'est couché triste, fâché contre M. qui n'était pas revenue. Je suis entrée dans sa chambre pour lui dire bonsoir. J'avais envie de faire l'amour. Il n'a pas voulu.

Impression. Je vois une rue qu'on vient d'asphalter et qui gardera dans son goudron durci la trace d'un pas imprudent. Je vois la pâte à modeler où, enfant, j'enfonçais profondément un petit moule métallique de pâtissière avant de la laisser sécher. Je vois la feuille vierge introduite dans l'imprimante qui la pique de son encre. On quitte la soirée en pensant avec déjà plus de légèreté au travail qui attend ce week-end et à cette menace financière suspendue sur le futur. Quelques semaines plus tard, se promenant le long de la rivière, on aperçoit la table de pique-nique où les doigts se sont touchés pour la première fois. L'impression s'échauffe comme une cicatrice à peine refermée qui avive douloureusement les nerfs quand la peau se crispe. On se passerait de ces souvenirs. On aimerait n'avoir rien fait. Il faut attendre que le temps efface cette impression. C'est désagréable. On souhaite que la zone molle durcie avec son empreinte redevienne lisse comme les parois du congélateur débranché où le campagnard avisé range ses provisions parce que les pattes des souris n'y trouvent aucune prise.

En dansant, j'entre parfois dans un état de transe où une telle énergie se dégage de moi qu'aucun homme ne peut me résister. C'est arrivé dans l'île, cet hiver-là, quand j'avais vingt-deux ans. J'ai repéré un magnifique jeune garçon coiffé d'un chapeau de cuir, entouré d'une escorte de trois machos. Je ne suis pas assez belle pour retenir son attention. Je l'ai élu. Je me suis emparé de son chapeau de cuir. Il n'a pas le choix. Tout à l'heure il me plaquera contre les murs du night-club, sa langue fouillera ma bouche, sa main mon soutien-gorge, et il cherchera à m'entraîner hors du night-club, vers sa voiture garée sur le parking.

Je dirai non. Soudain je n'ai plus envie. Je n'aime pas la manière dont il me touche. Je préfère retourner au centre de la piste et danser au milieu des garçons. Ils me remarquent tous. Ils se pressent autour de moi. Ils me demandent d'où je viens. « Sono Americana », je dis. « Americana ! » Ils sont ébahis. Dans les petits villages à l'extrémité sud de l'île il n'y a pas beaucoup d'Américaines dans les night-clubs l'hiver. Je ne suis jamais allée en Amérique. Je ne parle pas un mot d'anglais. Eux non plus.

C'est arrivé récemment dans ma ville natale. Des amis m'avaient donné rendez-vous sur le quai à minuit, au milieu de la piste de danse, sous la grosse boule tournante aux mille facettes de cristal argenté suspendue dans le ciel. Ce soir-là, j'étais pleine de bonheur. Je suis entrée dans une marée d'hommes, grands, musclés et transpirants, la plupart torses nus ou la chemise ouverte. La foule est si dense que nous sommes collés les uns contre les autres. Je sens contre mes fesses ou mes hanches couvertes d'une légère robe en coton des sexes en érection ; des mains s'emparent de mes seins ; je ne résiste que lorsque les quelques hétérosexuels égarés dans cette cohue cherchent à m'entraîner à l'écart. Vers trois heures du matin, je marche sur le quai à la recherche de mes amis. Je passe près d'un jeune homme blond, rare silhouette solitaire au bord du fleuve ; je suis sûre qu'il est homosexuel, tous ceux qui sont beaux ici sont homosexuels. Je lui demande s'il veut danser, il ne comprend pas ma question, je la répète en anglais, et il me suit gracieusement au milieu de la foule déjà plus aérée. Presque immédiatement nos corps adhèrent l'un à l'autre, leurs rythmes se sont tout de suite accordés. Nous allons danser ainsi jusqu'à la fin du bal, yeux clos, lèvres tendues, bustes frémissants, seins et sexe érigés, pendant quatre heures au bord de la jouissance, nous retenant à peine, prêts à verser de l'autre côté. Deux types se sont postés près de nous ; dès que j'ouvre les yeux je rencontre leur regard. L'un d'eux approche sa main et me caresse les fesses. Je me retourne vivement, trop excitée pour me mettre vraiment en colère, et je lui dis de s'en aller, est-ce qu'il ne voit pas qu'on n'a pas besoin de lui, est-ce qu'il ne peut pas aller chercher ailleurs ? Il reste là, sans me toucher, humble, il me fixe du regard et me dit : « Tu es tellement belle quand tu jouis. »

W. me demande de lui raconter la scène dans tous ses détails. Il me demande de lui décrire comment j'étais habillée. Le pantalon de cuir noir moulant et le sous-pull noir en soie et laine collant à la peau. Il veut que je bombe le torse pour mettre en valeur ma poitrine, et qu'il puisse m'imaginer dans le night-club avant-hier. W. me dit que je l'excite. Depuis que je lui parle il a une érection. Il me propose de le toucher pour m'en assurer. Il est épuisant d'avoir une érection d'une telle durée. W. me fait rire.

Nous sillonnons dans sa belle voiture les routes du sud de l'île qu'il veut me faire visiter. Hier il est venu boire le café chez M. Il ne m'avait pas vue depuis deux ans et demi. Il m'a trouvée changée : plus femme, terriblement excitante. La douleur me va bien. Immédiatement W. nous a proposé de faire l'amour à trois. Il sait que nous l'avons déjà fait : avec O. et avec E. M. a répondu que ce n'était pas possible :

amoureuse de S., elle n'est pas disponible pour ce genre de jeux. W. me demande de lui accorder la journée du lendemain.

W. a quarante-huit ans. J'en ai vingt-deux. Il est marié, il a de jeunes enfants; il ne parle pas de sa famille. Il a de nombreuses maîtresses et M. a longtemps été l'une d'entre elles. Il a traversé l'année précédente une grave dépression, au cours de laquelle il a beaucoup grossi : il en est sorti, avec quelques kilos de trop. Il se trouve trop gros. W. est loin d'être laid, mais il ne m'attire pas physiquement. Je n'ai jamais été séduite par les hommes plus âgés. Je préfère les plus jeunes. C'est autre chose que j'aime en W. — pas seulement sa voix que je reconnais sans une hésitation quand je l'entends à la radio, avec ses chutes de phrases qui s'enroulent et remontent lentement comme des caresses puissamment érotiques alors qu'il parle de Byron ou de Heidegger —, mais cela qu'il aime en moi : l'énergie du désir et de la parole.

Je n'ai pas besoin d'avouer à W. ce qui s'est passé avec S. et dont j'ai terriblement honte. Il le devine. C'est lui qui me pose la question : « Tu as fait l'amour avec S. pendant que M. était à son colloque ? » Je rougis. « Tu es fou, pourquoi dis-tu cela ? » W. rit. C'est une évidence. Quand un homme et une femme se trouvent seuls dans une maison pendant une semaine, cela doit se passer. Loi physique : il n'y a simplement pas le choix.

J'ai établi une typologie des sexes. Je l'ai dit à Y. au début de notre liaison, pendant notre premier voyage il y a sept ans. À la fin d'une journée passée seule à cause d'une dispute grave, je rentre à l'hôtel et trouve sur le lit une reproduction du *David* de Michel-Ange. « Et lui », me demande Y. en quelques lignes sarcastiques écrites au feutre rouge, « est-il spaghetto, tire-bouchon ou massue ? »

Pour W., fare l'amore n'est pas un acte à part. Ce n'est qu'un prolongement de la communication, la poursuite logique d'un bon dialogue.

Après sept heures d'une érection qui ne faiblit pas, W. me conduit en fin de journée dans la zone résidentielle et chic où il a sa maison de vacances. Il gare sa voiture entre les pins, à quelques maisons de chez lui, pour qu'un voisin ne la reconnaisse pas. Nous nous introduisons chez lui comme des voleurs. Il n'a jamais fait ça. Dans le salon, par terre, il y a des jouets d'enfants. Nous allons dans la chambre d'amis. Il se déshabille et s'allonge sur le lit. Il veut que je vienne sur lui, que je bouge, que je fasse ce que m'a appris E. deux ans et demi plus tôt. De cela aussi il a voulu le récit.

Je suis sur lui et je bouge. Son sexe est épais et trapu, court, comme celui de S. Ce n'est pas mon genre. J'ai un peu de mal à le rentrer en moi et, une fois à l'intérieur, je le sens mal. Mais grâce à la méthode E., en bougeant je finis par trouver le plaisir. W. me regarde jouir, les yeux fixés sur mon visage. « Sei tanto bella nel piacere », il dit. Il ne jouit pas. Il dit qu'il n'en a pas besoin, ce n'était pas cela qu'il voulait, c'est plus beau ainsi.

Les larmes coulent de mes yeux grands ouverts. Le bruit réveille O., serré contre moi sur son petit lit. « Qu'est-ce que tu as ? » il me demande avec inquiétude. « Tu as mal ? Quelque chose ne va pas ? » Non. Je n'ai pas mal. Tout va bien. J'aime O. Nous avons vingt ans. « Fais-moi l'amour. — Mais tu n'as pas envie », O. répond doucement. « S'il te plaît, je t'en supplie, viens sur moi, fais-moi l'amour. » O. m'obéit. Son poids m'écrase. Son sexe me remplit. Mes cuisses se resserrent autour de ses jambes. Mes bras se referment autour de son dos. Je le presse violemment contre moi. Je lui demande de ne pas bouger, de ne pas jouir et de rester comme ça toute la nuit.

W. est déçu que rien ne soit arrivé avec l'homme au chapeau de cuir. Pour compenser, je lui raconte une histoire de l'été précédent. Sur le port de la petite île où j'attends le bateau, j'ai tout de suite repéré les trois personnes qui boivent un verre en parlant français. Des bribes de conversation me parviennent. « J'en parle au ministre mardi et je te faxe ça. » Je regarde l'homme : presque obèse, il est vêtu d'une chemise et d'un short hawaiiens, et il porte des bagues et d'épaisses chaînes en or. J'imagine la villa avec piscine et vue sur la mer de ses hôtes assis près de lui, un couple français plus distingué, et les serviteurs qui leur apportent des cocktails. Je viens de passer une nuit dans un trou, chez des paysans isolés qui guettent le touriste pour améliorer leur ordinaire fait de tomates qu'ils écrasent sur leur terrasse. Je suis arrivée hier sur cette petite île. Jamais je n'ai autant senti la solitude. J'ai hâte d'achever ce voyage et de retrouver O. L'homme monte dans le même bateau que moi. À peine à bord, il allume un gros cigare et ouvre *The Financial Times* qu'il lit sans lever les yeux pendant toute la traversée. Je bavarde avec le marin du bateau, un joli garçon aux yeux clairs. Il me demande ce que je fais ce soir. C'est le premier garçon qui s'intéresse à moi depuis le début du voyage. Je me sens déjà un

peu moins seule. Mais ce soir, je compte prendre le train pour la grande ville. Au cas où je
change d'avis, il me donne rendez-vous à dix heures dans un bar sur le port. Le bateau est déjà
amarré, les passagers franchissent la passerelle.
Je ramasse mon sac à dos. Le gros Français était
le premier à descendre et il s'éloigne à grands
pas. Soudain j'ai une intuition. Je lui cours
après. « Monsieur, monsieur ! » Il se retourne.
« Vous avez une voiture de location et vous
retournez maintenant à P. ? — Oui, pourquoi ?
— Ça vous dérangerait de me prendre en auto-
stop ? Je dois me rendre dans la ville ce soir et
j'ai peur qu'il n'y ait plus de train. — Si vous
voulez », il dit de mauvaise grâce. « Merci ! » Il a
déjà repris sa marche. La voiture est garée dans
un parking payant. C'est une magnifique voiture de sport italienne, neuve, d'un blanc étin-
celant.

Nous découvrons que nous faisons partie du
même monde. Vingt-cinq ans plus tôt, il a pré-
paré les concours des grandes écoles commer-
ciales dans un lycée du Quartier latin. Il a
arpenté les mêmes boulevards, fréquenté les
mêmes cafés, les mêmes cinémas. Il est amusé
d'apprendre que tel café a été remplacé par un
fast-food, que tel cinéma passe toujours les
mêmes films. Lui aussi, à vingt ans, après avoir
intégré son école de commerce, a parcouru le
monde avec un sac à dos. Il ne pourrait plus le

faire aujourd'hui car il a besoin d'un certain confort, mais ces voyages qui forment la jeunesse sont formidables. Je n'ai plus honte de mon vieux sac qu'il n'a pas daigné toucher de sa grosse main à l'index orné d'une chevalière en or quand je l'ai mis dans le coffre de sa voiture, ni de la demande que je lui ai faite de me prendre en auto-stop. C'est ce qu'on fait à vingt ans quand on voyage seul et sans argent pour découvrir le monde. Il a compris que je n'étais pas une coureuse de grands chemins.

Nous nous taisons. Je suis fatiguée. J'ai passé toute la journée sur une plage de cailloux au pied d'une falaise, sans ombre nulle part. Mes cuisses et mes épaules sont d'un rouge ardent. Je tremble de froid, pourtant il fait bon dehors. Je dois avoir de la fièvre à cause des coups de soleil. Mon front brûle. J'ai mal à la tête. Je remarque soudain combien mes cuisses et mes épaules sont nues avec ce minishort et ce dos-nu qui les couvrent à peine. Je cherche quelque chose à dire pour meubler le silence. Cela fait deux heures et demie que nous roulons sur de petites routes. La ville est plus loin que je ne l'aurais cru. J'espère qu'on n'arrivera pas après onze heures du soir : il me sera difficile de trouver une pension. Je ne tiens pas à retourner dans celle où R. travaille.

La nuit est tombée. Il s'arrête dans un village.

On entre dans un bar moderne et lumineux, avec une télé bruyante et plein d'hommes qui nous regardent. Il demande une granita al lemone. J'en prends une aussi. Il l'avale en deux gorgées. La glace crisse sous ses dents, il la croque et la déglutit. Il commande une autre granita. « J'adore ces machins-là », il me dit en portant à ses grosses lèvres la deuxième coupe. Il l'avale aussi vite que la première. Je frissonne. Il en commande une troisième et l'engloutit. Il m'a demandé si je voulais manger quelque chose et j'ai dit non. Il a payé ma granita.

J'ai envie de faire pipi. Il s'arrête au bord de la route déserte et noire. Je m'accroupis à quelques mètres derrière la voiture, dans la lumière des feux arrière. Je fais tous mes efforts sans parvenir à déclencher le jet. Pourtant j'ai envie. Je pense qu'il doit être tentant pour lui de démarrer maintenant et de s'arrêter quelques kilomètres plus loin pour balancer mon sac dans le fossé. Il ne me doit rien. Il serait mieux seul dans sa voiture.

Je me relève précipitamment et cours vers la voiture. Je me penche par ma portière restée ouverte. « Je n'arrive pas à faire pipi », je lui dis avec un rire, « parce que j'ai peur que tu t'en ailles. » C'est lui qui a proposé le tutoiement tout à l'heure, quand on parlait d'études et qu'il se rappelait sa jeunesse avec une certaine nostalgie. Il me regarde avec un drôle de sourire.

« Mais non », il dit, « je ne vais pas partir, tu peux être tranquille. »

Quand je retourne vers la voiture, il en est sorti. Il est appuyé contre le coffre et me regarde m'avancer vers lui. Je m'approche et m'appuie contre son ventre. Il m'étreint. Il prend mes lèvres. Son haleine sent la menthe, douceâtre et écœurante, du chewing-gum qu'il mâchait. Il va se rasseoir. Je réintègre mon siège. Il sort son sexe du short hawaiien et appuie sur ma tête. Je me penche, je le prends entre mes lèvres. J'ai peur. Je suis sûre qu'ensuite il va m'abandonner au bord de la route. Je me redresse. « Attendons d'être arrivés », je lui dis avec un sourire ; « ce sera mieux là-bas, non ? » Il est d'accord. Il démarre.

Le lundi, à cinq heures et demie, je dois me rendre à l'évidence. Il sait qu'à partir de six heures je ne suis plus libre. Il a dit qu'il appellerait à l'heure du déjeuner et que nous nous verrions dans l'après-midi. J'ai posé le téléphone sans fil sur l'étagère à côté de mon bureau. Chaque fois que la sonnerie a retenti, j'ai décroché aussitôt. Le téléphone n'a pas cessé de sonner. Tous mes collègues semblent s'être concertés pour m'appeler le même jour. J'ai le cœur brisé. Il se brise facilement. Dix jours plus tôt je ne connaissais pas I. Vendredi nous avons passé une heure à nous embrasser. Demain il part.

Je sais pourquoi il n'appelle pas. Je n'aurais jamais dû mettre Y. et I. face à face hier. Je n'aurais jamais dû appeler I. chez sa sœur hier soir à onze heures et lui imposer ce silence dont il m'a dit qu'il le rendait nerveux. I. va partir sans me dire au revoir. Voilà pourquoi j'ai la colique, mal au cœur, et ne peux rien manger. Il y a sept ans, dans ma ville natale où Y. était de passage, j'ai attendu son appel avec la même intensité, ne pouvant avaler que de l'eau, passant aux toilettes toutes les dix minutes, m'absentant tout l'après-midi afin d'obtenir un répit dans l'attente. À onze heures moins dix j'avais vomi. C'était fini et c'était ma faute. À onze heures le téléphone avait sonné. En reconnaissant la voix d'Y. j'avais éclaté en sanglots.

« Quand tu m'as violé », A., rompant un silence de douze ans, me déclare au téléphone, « tu m'as dit que ma bite était comme celle d'O. et que toutes les bites se ressemblaient. Je n'avais alors que peu d'expérience et cela m'avait frappé. C'est tout à fait faux : il en existe une variété infinie. Il n'est rien de plus dissemblable qu'une bite et une autre bite : longueur, largeur, couleur, forme du gland, grain de la peau, façon dont elle porte à droite ou à gauche, odeur, tout diffère. »

Tout se passe bien jusqu'à ce que ce soit moi, le docteur. D. est allongée sur le lit de sa chambre recouvert d'un couvre-lit en velours. Elle a neuf ans, N. et moi nous en avons dix. Je descends la culotte Petit Bateau de D. Elle est toujours blanche et lisse comme un bébé, alors que N. et moi commençons à avoir de petits poils dans cette partie-là. J'approche le stéthoscope. D. remonte soudain sa culotte. « On arrête », elle dit. « Pourquoi ? », je demande d'une voix malgré moi inquiète. Le visage chiffonné de D. s'est fermé. Elle ne ressemble plus à la gentille petite fille chez qui je descends chaque soir regarder *La Petite Maison dans la prairie*. Elle s'exclame : « Avec toi c'est toujours pareil, tu veux toujours jouer à des jeux pervers ! » Je rougis. Je ne me rappelle pas quels autres jeux j'ai proposés à D. Je n'ai pas besoin de comprendre le mot inconnu que D. a prononcé avec une conviction indignée. N. non plus, qui me regarde avec la même réprobation, comme si elle saisissait soudain ce qui l'avait toujours gênée chez moi.

I. a dit qu'avec moi rien ne pouvait être léger. Mais c'est avec lui — entre nous — que rien ne peut être léger.

Il y a, dans ma peur, la possibilité d'aimer I. et d'être aimée de lui.

Qu'on me comprenne : je ne veux pas aimer I.

Nous nous taisons toujours, mais ce n'est plus un silence embarrassé. C'est le silence normal de deux personnes fatiguées qui vont bientôt faire l'amour.

Il est minuit. Nous ne serons pas arrivés avant une heure du matin, trop tard pour trouver une pension. Je n'ai pas l'intention de lui fausser compagnie. Il loge sûrement dans un magnifique hôtel. Sur la route ou dans un lit d'hôtel, qu'importe. Ainsi j'économiserai l'argent d'une nuit d'hôtel.

Arrivés dans la ville, on passe devant des stands de pastèques. On s'arrête et on en avale plusieurs quarts. On avait faim. C'est de la bonne pastèque à la pulpe rose vif, fraîche et sucrée. On a presque l'air d'un couple d'amants heureux qui ont interrompu leurs exercices nocturnes pour se restaurer.

Je ne m'étais pas trompée. L'hôtel est le plus beau, le plus luxueux de la ville. Quand il franchit le portail majestueux et grimpe la route dans le parc vers le château illuminé, je souris de joie. Je ne suis jamais descendue dans un si bel hôtel. Je vais directement à l'ascenseur avec mon sac à dos pour ne pas me faire remarquer. Il a gardé sa chambre pendant ses trois jours sur la petite île. Il doit être vraiment riche car c'est un hôtel excessivement cher. À peine entrés, nous nous déshabillons et basculons sur le lit. Je n'ai jamais eu sur moi d'homme aussi gros, aussi lourd et aussi laid. Je ferme les yeux. C'est juste un mauvais moment à passer. Il a un petit sexe. Il est entré en moi facilement. Même les yeux fermés j'ai du mal à imaginer le viol. Je le sens à peine à l'intérieur de moi. À force de crisper mes muscles, j'arrive quand même à jouir. Un tout petit orgasme fugitif, juste une détente nerveuse. Il ne s'en rend pas compte. Pour lui, les choses ne se passent pas si facilement. Je me laisse faire. Il sort, me retourne comme une crêpe, entre en moi par-derrière. Ça n'a pas beaucoup plus d'effet. Il n'a pas l'air très content. Il sort de moi encore, s'installe contre les oreillers et écarte les cuisses. « Il faut que tu me finisses », il dit. Je frissonne. C'est la première fois que j'entends l'expression. Je comprends que je n'ai pas le choix. Il ne me laissera pas avant que je l'aie fini.

Je suis allongée à plat ventre sur le lit entre ses cuisses boudinées, la tête baissée devant ses bourrelets de Bouddha. Mes gencives et mon palais sont endoloris. J'essaie de ne plus penser à rien. Je me livre à une action mécanique. Heureusement qu'il n'est pas trop gros. C'est long. Je n'en peux plus. Je reprends mon souffle. Il appuie sur ma tête. Je continue.

Soudain il se met à gémir et à gesticuler. Je presse d'autant plus sur le petit membre, je suis de tout cœur avec lui, je veux qu'il y arrive. Il presse ma tête. Je l'aspire. Il gicle. Au même moment il ôte ses mains. Je pourrais me retirer. Je reste collée à lui, ma tête entre ses cuisses, son sexe entre mes lèvres, son sperme écœurant sur ma langue. Mon menton, mes joues, mon nez, mes cheveux et même mes cils sont barbouillés de son sperme.

C'est une chambre à deux lits. J'ai mon lit pour dormir. Les draps sont d'une finesse et d'une douceur comme on en trouve seulement dans les grands hôtels.

Je me réveille tôt. Je mets quelques secondes à me rappeler où je suis. Je jette un coup d'œil au lit voisin. Il dort encore ; il ronfle. Je me lève et marche jusqu'à la porte-fenêtre. J'écarte la lourde tenture de velours jaune. Le spectacle est éblouissant : devant moi se déroulent, jusqu'à la mer, les parcs du château, leurs buissons de fleurs roses bien taillés, et au loin les piscines. Il y a trois sortes de bleus, celui du ciel, celui des piscines et celui de la mer.

Je fais couler un bain dans la grande baignoire de la salle de bains en marbre aux robinets dorés, en versant sous le jet un petit sachet de bain moussant à la lavande. Je reste plongée dans l'eau chaude et la mousse jusqu'à son réveil, deux ou trois heures plus tard. Je lis *La Vie tranquille* de Marguerite Duras.

Passant par sa ville, je lui ai téléphoné. Près d'un an s'était écoulé depuis notre dernière rencontre. On m'avait informée qu'il sortait depuis peu avec une autre femme. Je voulais seulement mettre fin au silence et lui dire que j'avais compris sa sagesse. Nous nous sommes donné rendez-vous dans un café.

C'était un jour de septembre il y a six ans. Quand je suis entrée dans le café à cinq heures, j'ai revu Y. sans haine, sans colère, sans hostilité, sans désir et presque sans émotion, ne sachant même plus si était beau cet homme dont j'avais perdu le droit d'effleurer les lèvres. Il avait maigri ; au milieu des gens bronzés par les vacances, dont je faisais partie, il avait le teint pâle avec son tee-shirt noir. Nous parlions comme des amis distants et bienveillants, nous racontant notre année sans évoquer la souffrance qui l'avait traversée. Tendant le bras pour ramasser sur son épaule un cheveu, je me suis excusée ; il a souri. La nuit est tombée sans que nous pensions à nous quitter. Nous nous sommes revus le lendemain, puis le lendemain du lendemain, puis tous les lendemains qui ont suivi. Dès le troisième jour il a été évident que c'était pour la vie.

Le lundi à six heures moins le quart, je me dis que tout n'est pas perdu. J'ai encore la soirée. Y. et moi devons retrouver dans un club de jazz un ami de passage. À six heures moins dix, Y. m'annonce qu'il se sent trop fatigué pour m'accompagner ; je suis abominablement soulagée.

Avant le dîner, puis après le dîner, puis dans le club avant le début du concert, je téléphone. Mon ami de passage me nomme en riant la téléphoneuse. Peu importe ce qu'il pense. La seule chose qui compte, c'est qu'I. n'est pas là. Puis qu'il est là, enfin, à huit heures, juste avant le début du concert. Il semble content de m'entendre. Il s'excuse de ne pas avoir pu m'appeler comme d'une chose négligeable : il était en courses toute la journée, il avait oublié mon numéro chez sa sœur. Je ne dis rien sur mon attente. Je ne lui en veux pas. Je sais que, dans mon désir, je suis terriblement égoïste. I. n'a pas le choix : il doit se protéger. Il me propose de le rappeler à neuf heures et demie après le concert. Nous irons boire un verre ensemble. J'écoute à peine la musique. Je regarde ma montre, j'attends. L'orchestre joue plus longtemps que prévu. Pendant les applaudissements je me lève et vais téléphoner. Il est dix heures cinq. Le répondeur se déclenche. Il n'est pas là. Il savait que j'allais appeler. Il est sorti pour m'éviter. Il fait partie de ces hommes qui n'ont pas le courage de dire non en face. Mon cœur explose, se désagrège en tout petits morceaux. Quand je retrouve à la sortie mon ami qui m'attendait et me propose de boire quelque chose, je n'ai même pas la force de sourire ni de poser sur mon visage un masque normal. « Je ne sais pas, je dois aller dire au revoir à un ami qui part demain, attends, il faut que je téléphone encore une fois. » Et je cours à nouveau vers la cabine au sous-sol, je compose à nouveau le numéro. Je n'aurais pas renoncé. Je serais allée jusque chez sa sœur, je me serais assise sur les marches de la maison et j'aurais attendu son retour. Mais c'est lui qui décroche. À nouveau il a l'air content, même soulagé de m'entendre. Il était sorti dîner avec sa famille ; à peine rentré il avait interrogé le répondeur ; remarquant que quelqu'un avait appelé sans laisser de message, il craignait que ce ne fût moi. Je file à vélo vers chez lui, en descendant les rues larges et désertes avec, à l'horizon, la ligne irrégulière des hautes tours plus noires que le noir du ciel, où scintillent les feux follets des fenêtres éclairées. Cette ville est d'une beauté folle, c'est la ville la plus belle du monde. J'appuie sur l'interphone. Son beau-frère me dit qu'I. descend. J'attends dans la rue, debout près de mon vélo. J'entends un déclic, je me retourne, la porte s'ouvre, et je le vois apparaître dans l'embrasure de la porte métallique, seule tache de couleur dans la nuit. Il me sourit. Son visage est un éclat de lumière, un doux paysage d'ocres et de gris. Il porte une belle chemise de lin gris, un pantalon gris foncé et un gilet sans manches, gris, qui moule sa taille svelte. Il descend les marches vers moi.

Ce matin, pendant que je préparais le café, Y. m'a enlacée par-derrière, logeant son sexe au creux de mes fesses et posant ses mains sur mes hanches, content d'avoir joui en moi hier.

Nous allons partir.

DU MÊME AUTEUR

Aux Éditions Gallimard

LA BLOUSE ROUMAINE, *roman.*

EN TOUTE INNOCENCE, *roman* (Folio, *n° 3502*).

À VOUS, *roman.*

JOUIR, *roman* (Folio, *n° 3271*).

LE PROBLÈME AVEC JANE, *roman* (Folio, *n° 3501*).

LA HAINE DE LA FAMILLE, *roman.*

Composition Euronumérique.
Impression Bussière à Saint-Amand (Cher),
le 17 avril 2001.
Dépôt légal : avril 2001.
1ᵉʳ dépôt légal dans la collection : août 1999.
Numéro d'imprimeur : 12383.
ISBN 2-07-041097-8./Imprimé en France.